DER VERGESSENE GARTEN

Die Übersetzung wurde gefördert
vom International Translation Program
des Canada Council for the Arts.

Canada Council for the Arts | Conseil des Arts du Canada

Für die deutsche Erstausgabe

Printed in Austria by Wiener Verlag, Himberg
ISBN 3-7017-1296-4

HELEN HUMPHREYS

DER VERGESSENE GARTEN

ROMAN

Aus dem Englischen
von Brigitte Heinrich

Residenz Verlag

Für Madeleine

ENGLAND
1941

Wir treten hinaus, und Abend und Lampenschimmer öffnen sich um uns. Dieser Moment des Empfindens. Dieses intensive Gefühl unserer selbst. Die Sterne wie weiße Spitze über dem Hof.
Wir gehen durch die Straßen von London. Es ist vor sieben Jahren. Wir sind einander nicht begegnet, doch wir sind zusammen. Dies ist wirklich. Dies ist ein verstaubtes Buch aus dem obersten Regal einer Bibliothek in Mayfair. Das unter all der Tinte erstickte Geräusch des Lebens, unermüdliche Wellen, die sich an diesem Leseufer brechen. Wo ich auf Dich warte. Ja. In einem bestimmten Moment. Einem Wort. Hier an der Straßenecke. Hier auf dieser Seite.
Doch er entzieht sich mir, sogar jetzt, dieser Moment, den ich angehalten habe. Die Geschichte entzieht sich, während ich sie in Worte fasse. Jedes Wort eine kleine Flamme, die ich über dieser verdunkelten Straße für Dich entzündet habe.

1

Was kann ich über die Liebe sagen? Sie könnten mich hier in diesem Taxi in Richtung Paddington Station sitzen sehen – eine fünfunddreißigjährige Frau mit unscheinbaren Gesichtszügen – und denken, daß ich nichts über die Liebe wissen kann. Doch ich verlasse London der Liebe wegen.

Ich wurde nicht in London geboren, habe nur die letzten zehn Jahre hier gelebt, seit ich das Gardening College abgeschlossen und mit der Arbeit bei der Royal Horticultural Society begonnen habe. Aber was ist Liebe anderes als augenblickliches Erkennen? Ein Moment wahren Gleichklangs. Was ich unmittelbar bei meiner Ankunft an diesem Ort erkannte, war etwas in mir selbst, von dem ich nicht einmal wußte, daß es da war. Etwas unter der Haut, im Blut. Ein vertrauter Impuls. Das wilde, schöne Gewimmel von London. Kleine Straßen, die sich winden wie Bäche. Strenge steinerne Kathedralen. Der schnelle, trübe Muskel der Themse, der die Stadt auseinanderhält; die Spannung, die aus dieser beweglichen Kluft entsteht, greifbar, spürbar. Ich habe mich in der Finsternis über die Ufermauer gelehnt, in der wirklichen Finsternis der derzeitigen Verdunklung, wo sogar Sternenlicht einen Akt des Verrats darstellt. Im verdunkelten London stolpern Menschen durch die Straßen, die früher einmal mit der Stadt vertraut waren, tasten sich von Gebäude zu Gebäude, als wären sie blind. Ich bin an der Themse gestanden und habe gespürt, wie sie sich unter meinen Füßen wand wie eine Wurzel.

Doch dem ist nicht länger zu trauen. Jeden Tag ist die Landschaft radikal verändert. Aus Häusern werden Löcher. Massives wird zu leerem Raum. Alles kann über Nacht verschwinden. Wie kann Liebe diese Tatsachen überleben?
Die Straßen sind beinahe leer. Ich blicke auf, als wir die Vauxhall Bridge Road entlangfahren, und sehe zwischen zwei Häusern etwas Grünes aufblitzen; es führt zum Vincent Square und dem steinernen Antlitz der Royal Horticultural Society, das auf den Play-Ground-Park von Westminster hinunterblickt. Erst gestern war ich in meinem Leben dort und kehrte mit Roy Peake nach dem Mittagessen eilig zurück. An der Ecke des Platzes verabschiedete sich ein kanadischer Soldat von seinem Mädchen. „Bis bald, Süße." Mir gefiel der unbekümmerte Klang. Ich war die Stufen zur Royal Horticultural Society hinaufgestiegen und hatte Roy Peake zugehört, der endlos über seine „unbekannte Birne" daherschwatzte. Ich glaube, daß er insgeheim hofft, er werde sie nicht identifizieren können, damit er sie nach sich benennen kann. *Peake's Pear*. Ich muß zugeben, daß es richtig klingt. Sicher. Das Stolpern der beiden P wie ein perfekter Zweiklang.
Peake's Pear. Daran dachte ich gerade, als ich über die grauen Steinstufen in mein Büro zurückkehrte und diese Stimme so selbstbewußt über den Platz rief, daß ich mich auf der Stelle umdrehte. Selbstbewußtsein weckt immer meinen Neid. Das ist auch der Grund, weshalb ich mich zunächst zu Roy Peake hingezogen fühlte. Er sprach eines Tages unter der Tür zu meinem Büro so leidenschaftlich über alte lokale Apfelsorten, einen *Orange Goff* in der einen und einen *Pigeon's Heart* in der anderen Hand. Das war zu einer Zeit, als seine Interessen noch breiter gestreut waren, vor den endlosen Tagen mit der „unbekannten Birne".
Können Worte direkt ins Herz treffen? Ist das möglich? Können Worte so direkt wirken wie Rosenduft? Ein Mann

an einer Straßenecke ruft etwas, und ich wende den Kopf dieser Stimme zu, wie ich ihn dem Duft einer Kletterrose zuwenden würde, die eine Laube überwuchert.

Ich habe mich von meinen Mitbewohnern in Mrs. Royces Pension in der Denbigh Street verabschiedet. Ich habe mich verabschiedet und nichts dabei empfunden. In den zwei Jahren, die ich dort verbracht habe, habe ich mich mit keinem von ihnen angefreundet, und obwohl Mr. Gregory mich dazu bringen wollte, ihn zu mögen, tat ich es nie. Abgesehen von meinen Arbeitskollegen gibt es niemanden, dem ich auf Wiedersehen sagen muß; doch als ich jetzt von dem Ort wegfahre, wo ich gewohnt habe, bin ich unerträglich traurig. Da ist diese Straße mit dem wunderbaren Kirschbaum. Seine Blüten werde ich in diesem Jahr vermissen. Wahrscheinlich werde ich ihn nie wieder sehen.

Ich schaue durch das Taxifenster, kann nicht anders, als hinzusehen, wie die vertrauten Straßen hinter mir zurückbleiben. Der Wind bringt die Sperrballons zum Schwanken, die über den Gebäuden angeleint sind, und sie neigen sich alle in dieselbe Richtung, wie im Hafen ankernde Boote, die auf der Flut hin und her schaukeln.

Die meisten Gebäude sind um den Sockel herum mit Sandsäcken gepolstert. Viele Fenster sind kreuzweise mit gummiertem Papier beklebt; ein mitleiderregender Versuch, das Glas bei einem Bombentreffer vor dem Zersplittern zu bewahren. Doch es sind hauptsächlich Fenster, die kaputt sind. Ich bin an Restaurants und Pubs vorbeigegangen, deren Fenster in Scherben auf der Straße lagen, während die Gäste zu Abend aßen oder mit einem Bier an der Bar standen, als wäre dies völlig normal, als hätte es in dieser ihrer Kneipe niemals Fenster gegeben.

An den meisten Schaufenstern und Gebäuden sind Luftschutzplakate angebracht. Morgens stehen Kinder vor den

U-Bahn-Stationen Schlange, um sich für den Abend einen Platz im Schutzraum zu sichern.

Ich weiß, wie man die relative Entfernung einer Bombenexplosion einschätzt. Die, die weit genug weg sind, um einem persönlich nichts anhaben zu können, verursachen ein dumpfes, knirschendes Geräusch wie die Kollision eines Autos mit einem Laternenpfahl. Die Bomben, die von den Deutschen nahe genug abgeworfen werden, um tödlich zu sein, geben ein unterdrücktes Pfeifen von sich, einem riesigen, wahnsinnigen Teekessel nicht unähnlich.

Ich kann mich mit diesen Veränderungen nicht aussöhnen. Ich kann mich der Zerstörung dieser Stadt nicht weiter anpassen. London brennt jetzt. Im Januar wurden acht Kirchen der Stadt und die Guildhall durch Brände zerstört. Von meinem Fenster in der Pension aus konnte ich den Rauch sehen, der vor dem Nachthimmel hin und her wogte. Ich konnte die roten Feuerblumen sehen, die über den Dächern aufblühten.

Das Taxi schlängelt sich weiter in Richtung Bahnhof. An einer Zeile mit Reihenhäusern vorbei, von denen in der Mitte plötzlich eines fehlt. Kinder klettern bereits über den Haufen aus Backsteinen, zu dem jemandes Zuhause geworden ist. Eine Treppe ragt, einem Akkordeon gleich, aus dem Schutt. Unter einem Fensterrahmen flattert ein zerrissener Vorhang wie eine Fahne. Ein Spiegel hängt schief an einer einsamen übriggebliebenen Wand. In der Ferne höre ich das Heulen näherkommender Hilfe.

Es hat etwas Unanständiges, einen Blick in die privaten Räume von jemandem zu werfen, nachdem diese von einer mitternächtlichen Bombe zerstört worden sind. Aufblitzende Tapeten. Der Wind, der die Seiten eines offenen Buches umblättert. Plötzlich ist alles, was wir eigentlich nicht sehen sollten, das einzige, was zu sehen ist. Gerade als das Taxi an diesem Schuttkrater vorüberfährt, sehe ich die

Hand. Sie ragt mit leicht gekrümmten Fingern aus einem Haufen zerbrochener Backsteine, als hätte sie gerade einen Ball geworfen und wartete darauf, ihn zu fangen, wenn er aus dem Himmel fällt. Eine Kinderhand. Ich sehe ein Stück Stoff, das immer noch mit ihr verbunden ist, und dann ist das Taxi daran vorbei.

Ich weiß nicht, wie ich mich mit unnötigem, zufälligem Tod versöhnen soll. Ich weiß nicht, wie ich mich so vielen brutalen Veränderungen anpassen oder diese Landschaft neu erlernen soll, die mir einmal so vertraut war und jetzt jeden Tag eine andere ist. Ich kann den Weg zurück in mein Leben nicht mehr finden, wenn alle mir bekannten Wegmarken verschwinden. Vergangene Woche verirrte ich mich sogar in einer Gegend von Bloomsbury, in der ich gewohnt hatte, bevor ich zu Beginn des Krieges zu Mrs. Royce in die Denbigh Street gezogen war, um näher bei meinem Büro zu sein. Ich hielt nach meiner gewohnten Wegmarke Ausschau, die bestimmte, wo ich abbiegen mußte; ein vierstöckiges Backsteinhaus an der Ecke des Platzes. Seit ich das letzte Mal dort gewesen war, hatte sich das Haus in einen kleinen Haufen aus Staub und Scherben verwandelt.

Das ist es, was ich über die Liebe weiß. Daß sie jeden Tag auf dem Prüfstand steht, und was nicht erneuert wird, ist verloren. Man entscheidet sich, entweder mehr zu lieben oder weniger. Wenn die Wahl einmal so ausfällt, weniger zu lieben, dann ist der Abschied nicht aufzuhalten. Jedes geliebte Ding entzieht sich. Es läßt sich nicht aufhalten.

Wir sind in Paddington angekommen. Die Sonne zittert auf dem Glasdach des Bahnhofs.

Bis bald, Süße.

2

Mit das Schlimmste an diesem Krieg ist die Angst vor einer feindlichen Invasion. Diese Angst wird unmittelbar so übersetzt, daß man Reisen für Zivilisten so schwierig macht wie möglich, und das aufgrund der wenig wahrscheinlichen Möglichkeit, daß sich ein Spion unter uns befinden könnte, der vorausgeschickt worden ist, um Informationen zu sammeln, wo mit dieser Invasion begonnen werden soll. Um die Spione zu verwirren, sind in ganz England in den ländlichen Gebieten die Straßenschilder entfernt worden. Keine Wegweiser zu Dörfern oder Städten. Keine Tafeln an den Bahnhöfen. Die Kinder wurden strengstens angewiesen, niemals die Frage eines Fremden nach dem Weg zu beantworten, und überall hängen Plakate mit der Warnung: „Unachtsames Gerede kann Leben kosten". Niemand scheint sich die Frage gestellt zu haben, ob ein Spion nicht auch mit einer Karte ausgerüstet sein könnte.

Für jemanden, der sich nicht auskennt, ist das Reisen schwierig geworden. Das Zugeständnis, das die Eisenbahngesellschaft für Leute wie mich bereithält, die zu einem unbekannten Ort unterwegs sind, ist, am Fuß eines Laternenpfostens am hinteren Ende des Bahnsteigs ein praktisch unsichtbares Schildchen mit dem Namen des Bahnhofs anzubringen. Falls man nicht bei Tageslicht im ersten Wagen sitzt und den Körper zur Hälfte aus dem Fenster lehnt und über bemerkenswert gute Augen verfügt, ist es unmöglich zu erkennen. Nachts ist es vollkommen unmöglich, wenn routinemäßig im ganzen Zug die Lichter ausgeschaltet werden und Wagenladungen voller Menschen in verdunkelten Abteilen durch unbekannte Gegenden der sicheren geographischen Not entgegenbrausen.

Dieser Krieg hat uns alle nervös gemacht, in schreckhafte Kaninchen verwandelt. Ich betrachte meine Mitreisenden

voller Mitgefühl. Niemand hat erwartet, daß der Krieg so lange dauern würde, und jetzt, da Hitler im Begriff steht, in Jugoslawien einzumarschieren, und Rommel eine Wüstenoffensive plant, scheint er sich weiter ausgebreitet zu haben und endloser zu sein denn je; hoffnungsloser denn je. Die Anstrengungen der Bürger, am Leben und allen Gefahren gegenüber wach zu bleiben, hat uns alle zu zusammenzuckenden, ängstlichen, ausgelaugten Geschöpfen gemacht. „Ich habe mitgezählt", sagt die Frau mir gegenüber zu ihrem Mann. „Aber jetzt kann ich mich nicht mehr erinnern, ob wir fünf oder sechs Stationen weiter sind."
Ich habe ebenfalls mitgezählt, und als sie das sagt, kann ich mich augenblicklich auch nicht mehr erinnern. Der Zug stampft immer weiter nach Südwesten, hinein in die ländlichen Gebiete von Devon, und mir kommt der Gedanke, daß wahrscheinlich kein Mensch in diesem Wagen auch nur die entfernteste Vorstellung davon hat, wo wir uns befinden.
Der Mann reagiert nicht auf die Verärgerung seiner Frau. Er ignoriert sie. Daran erkenne ich, daß sie verheiratet sind. Er dreht seine Zeitung um, und ich lese die erste Seite der *Times*. „Halb Abessinien erobert", lautet eine der Überschriften, und dann, darunter, entdecke ich etwas, was mich zwingt, mich auf meinem Sitz nach vorne zu beugen: „Mit tiefem Bedauern geben wir bekannt, daß inzwischen davon ausgegangen werden muß, daß Mrs. Leonard Woolf (Virginia Woolf, die Romanschriftstellerin und Essayistin), die seit letztem Freitag vermißt wird, im Fluß Ouse in Rodmell in Sussex ertrunken ist."
Ich denke an den Brief, den ich heute morgen in meinem Kopf an Mrs. Woolf geschrieben habe. *Dieser Moment des Empfindens. Dieses intensive Gefühl unserer selbst.* All die Briefe, die ich in meinem Kopf verfasse. All die Briefe, die nie perfekt genug sind, um abgeschickt zu werden. Und

jetzt habe ich meine Chance verpaßt, sie wissen zu lassen, wie sehr ich ihre Bücher liebe, und ihr zu sagen, daß ich ihr eines Abends vor sieben Jahren durch die Straßen Londons nachgegangen bin. Und nun werde ich die Antwort auf die Frage, die ich ihr immer beinahe gestellt hätte – „Waren Sie es?" – niemals erfahren.

Ich erinnere mich, daß der Mond aufgegangen war und daß die Anlage, als ich den Tavistock Square überquerte, in Licht gebadet war. Es dauerte eine Weile, bis ich die große, schattenhafte Gestalt einer Frau, die vor mir her über den Platz ging, überhaupt bemerkte. Doch als ich sie bemerkte, war es, als bemerkte ich auch alles andere zum ersten Mal. Die Juniluft war weich auf meiner Haut, und der wäßrige Verkehrsfluß, der auf der Southampton Row vorbeiströmte, war plötzlich gedämpft. Die Luft roch nach blühenden Bäumen, und dieser Duft war der Duft der Möglichkeiten, war voller Hoffnung.

Es gibt ein Vokabular des Seins, ein Vokabular dessen, auf der Welt einen Platz zum Leben zu beanspruchen, das nicht über die Kluft des Todes hinweg übersetzt werden kann.

Ich sah die große, ein wenig gebeugte Gestalt Virginia Woolfs in einem fließenden Kleid von der Farbe der Dämmerung über den nächtlichen Platz gehen. Welche Worte könnte ich überhaupt wählen, um diese Erfahrung wiederzugeben?

Eine mauvefarbenes Kleid. Die Farbe von Flieder. Es schwingt um den Körper, umhüllt ihn wie Rauch, geisterhaft im Mondlicht, das über den Häusern Londons aufsteigt. Wir waren lebendig. Wir brannten. Ich sitze im Zug in diesem schaukelnden Wagen, Jahre später, Wörter umschweben mich, lösen sich auf zu hauchdünnen grauen Schwaden. Nichts, was ich in Händen halten kann. Rauch, diese Worte sind nichts als Rauch.

Ich lehne den Kopf gegen das Fenster. Im Glas kann ich schwach mein Spiegelbild erkennen; die ländliche Gegend schwirrt in sanftem Grün durch es hindurch. Seltsam, wieder Felder zu sehen, Bäume, die über dem Wasser einen Baldachin bilden, einen Eisvogel am Fluß. Keine zerstörten Gebäude und Luft, die dick ist vom Ziegelstaub. Seltsam auch, im Zugfenster wieder mein Gesicht zu sehen. Ich betrachte nicht oft mein Spiegelbild.

Als meine Mutter wußte, daß sie sterben würde, ließ sie mich sämtliche Spiegel in ihrem Haus entfernen und im Wintergarten zusammenstellen, mit dem Glas zur Wand. „Du wirst sie vermutlich nicht wollen", hatte sie gesagt.

Ich hebe den Kopf. Auch sie habe ich verlassen, meine tote Mutter. Sie gehört jetzt zu der brennenden Stadt, der Asche und den zerbrochenen Steinen von London. Ihr Haus wurde zerbombt, während sie im Krankenhaus lag. Jenes Haus in Richmond, in dem ich aufgewachsen bin. „Ich wollte, ich wäre zu Hause gewesen", hatte sie gesagt, als ich es ihr erzählte.

Ein paar Reihen vor mir sehe ich den uniformierten Arm eines Soldaten. Der Rest seines Körpers ist hinter dem Sitz verborgen. Plötzlich fühle ich mich ganz elend. Das ist alles, was ich habe – einen Wagen voller Fremder, eine mir unvertraute Landschaft von entwaffnender Üppigkeit, Erinnerungen, die keinen Trost spenden.

3

Niemand ist gekommen, um mich auf dem kleinen, ländlichen Bahnhof abzuholen, obwohl man es mir zugesagt hatte, als ich damals meine Vereinbarungen traf. Ein weiteres Beispiel für die grassierende Unzuverlässigkeit, die

dieser Krieg sogar in bezug auf die einfachsten Versprechen mit sich gebracht hat. „Es ist Krieg“, sagen die Leute, um beinahe jedes Benehmen zu entschuldigen.
Man hatte mir gesagt, das Anwesen sei nicht weit vom Bahnhof entfernt, und wenn mein Gepäck nicht so schwer gewesen wäre, hätte ich versucht, die Strecke zu Fuß zurückzulegen. Doch das Gewicht meiner Bücher macht ein Transportmittel erforderlich. Für eine fünfunddreißigjährige Frau besitze ich auf dieser Erde nicht viel; hauptsächlich Bücher, ein paar Photos. Kleider nur wenige. Doch meine Bücher, meine Bücher sind so zahlreich, daß es aussieht, als wäre ich unterwegs, um eine kleine Leihbibliothek zu eröffnen.
Eine Mitfahrgelegenheit ist leichter zu finden, als ich gedacht hatte. Ein kanadischer Captain holt einen seiner Männer vom Bahnhof ab; denselben Soldaten, der im Zug einige Reihen vor mir saß.
„Können wir Sie mitnehmen, Ma'am?“ fragt er mich. Ich zerre meine Taschen über den Bahnsteig, und diese Mühe nimmt so viel Zeit in Anspruch, daß inzwischen niemand mehr da ist außer den Soldaten und mir.
„Danke, ja. Ich bin unterwegs nach Mosel.“
„Dann ist es ganz einfach. Wir auch.“ Der Captain ist groß und blond. Als er sich bückt, um meine Taschen aufzuheben, ist in seinem Atem ein sanfter Hauch von Alkohol.
„Was tun Sie dort?“ frage ich, ziemlich rüde, wie mir bewußt ist, aber man hatte mir nur gesagt, daß Mosel für die Lebensmittelproduktion requiriert worden war. Niemand hatte von Soldaten gesprochen.
Der blonde Kanadier hievt meine Taschen hinten in den Wagen. „Wir sind dort einquartiert“, sagt er und hält mir die Tür auf. „Im Herrenhaus. Wir warten darauf, daß wir abkommandiert werden. Und Sie?“ Dabei sieht er mich an, sieht mich wirklich an, und ich senke den Blick.

„Abkommandiert“, sage ich. Das klingt besser als zu sagen, daß ich mich freiwillig gemeldet habe. „Ich komme aus London, um die Arbeit in den Gärten zu beaufsichtigen.“
„Dann gehören Sie zu den Land Girls?“ Er macht die Tür hinter mir zu und setzt sich selbst auf den Fahrersitz. „Von denen ist schon eine ganze Meute dort oben.“
„Aber sie sollten erst nächste Woche kommen.“ Ich hätte eigentlich Zeit haben sollen, das Gelände zu inspizieren und einen Arbeitsplan aufzustellen. „Sie sollten überhaupt noch nicht da sein.“
„Nun, dann sind es Schwindlerinnen, aber auf dem Anwesen gibt es ganz gewiß einige Land Girls“, sagt der Captain fröhlich. Der Soldat aus dem Zug setzt sich vorne auf den Beifahrersitz, und wir fahren vom Bahnhof ab die lange, gewundene Straße nach Mosel hinauf.
Das Anwesen ist größer und liegt abgeschiedener vom Dorf, als ich es mir vorgestellt hatte. Ich bin froh, daß ich nicht versucht habe, zu Fuß zu gehen, als ich den langgezogenen, steilen Hügel sehe, der dort hinaufführt. Am Fuß des Hügels windet sich ein Fluß. Ich denke an Mrs. Woolf.
„Da ist ein Fluß“, sage ich ziemlich sinnlos.
„Rinnsal“, meint der blonde Soldat, der mir gerade gesagt hat, sein Name sei Raley.
„Bach“, sagt der andere. Es ist das erste Wort, das er seit Verlassen des Zuges äußert.
„Das ist, weil er aus Neufundland stammt“, sagt Raley. „Nicht wahr, David?“ Er stößt den anderen mit dem Ellbogen an.
„Nun, es *ist* ein Bach“, sagt David wieder, „ich kann nichts dafür, wenn Sie es falsch sagen, Captain Raley. Sir“, fügt er nachträglich hinzu. Ich ärgere mich ein wenig über diese Insubordination, aber Raley grinst nur.
Vom Fluß ansteigend ist die Auffahrt zu beiden Seiten von Ulmen gesäumt. Zwischen den Bäumen kann ich die or-

dentlichen Rechtecke der Felder erkennen. Hinter den Feldern Wald. Die Ulmen sind mit Bedacht gepflanzt worden, um den Blick nach vorne zu lenken, den Hügel hinauf und immer weiter bis in den winkelförmigen blauen Himmel.
„Da wären wir." Raley bringt den Wagen abrupt zum Stehen, und David und ich werden auf unseren Sitzen zuerst nach vorne geschleudert und dann wieder nach hinten.
Wir halten vor einem steinernen Torbogen. Durch diesen Torbogen kann ich ein gestutztes Rasenrechteck erkennen, offensichtlich die Mitte des von Gebäuden umschlossenen Innenhofs.
Raley hebt mühelos meine Taschen aus dem Auto und stellt sie auf dem Kopfsteinpflaster unter dem Torbogen ab. „Soll ich sie für Sie hineintragen, Ma'am?" Er ist von unfehlbarer Höflichkeit. Nach diesem kurzen einmaligen Treffen kann ich nicht sagen, wie echt sie ist, doch ich bin für seine Fürsorge dankbar.
„Danke, aber ich denke, von hier aus schaffe ich es allein." In Wahrheit möchte ich mich beim ersten Mal allein hier umsehen, obwohl ich müde bin von der Reise. „Und wenn nicht, werde ich eine Schwindlerin finden, die mir hilft."
Raley lächelt mich an. „Kommen Sie mal vorbei und besuchen Sie uns", sagt er. „Wir sind direkt da oben auf dem Hügel." Er sieht sehr gut aus, und er weiß es. Ich erkenne so etwas. Er ist der Typ Mann, der sich gerne dabei beobachtet, wie er sich einer älteren, unattraktiven Frau gegenüber ritterlich und charmant verhält.
„Danke." Ich schüttle seine Hand, die sauber ist und kräftig. Kein Schmutz unter den Nägeln.
„Dann viel Glück." Raley winkt, als er wieder in den Wagen steigt. David ist während unseres kleinen Abschieds auf dem Beifahrersitz sitzen geblieben, den Blick stur geradeaus gerichtet und seinen kleinen Rucksack an die Brust gepreßt. Er wirkt nicht übermäßig erfreut, wieder in Mosel zu sein.

Ich lasse meine Taschen auf dem Kopfsteinpflaster stehen und trete durch den Torbogen in plötzliches Sonnenlicht, und dieser erste Blick auf das Anwesen verändert mein Leben für immer.

Alles ist größer als erwartet. Ich stehe auf dem strengen, flachen Rasen. Rechts von mir befindet sich ein zweistöckiger Gebäudeflügel mit Fenstern in regelmäßigen Abständen. Zu meiner Linken eine kleine Scheune, und im Anschluß daran, die ganze linke Seite des Innenhofs einnehmend, erstrecken sich niedrige Stallungen aus Stein. Vor mir, am Fuß des Innenhofs, steht eine kunstvollere Version des Gebäudes zu meiner Rechten, in dem offenbar die Wohnungen oder die Zimmer für die Angestellten der Gärten und Stallungen untergebracht waren. Die Gärten sind nirgends zu sehen.

Um den grasbewachsenen Innenhof verläuft ein Kiesweg. Überall am Rand dieses Weges bis hin zu den grauen Steinen des Gebäudes kann ich Spuren einer ehemals eindrucksvollen, gemischt bepflanzten Rabatte erkennen.

Dieses Anwesen war ursprünglich dafür geschaffen, sehr effizient zu funktionieren. Eine geschlossene Welt menschlichen Fleißes. Das Merkwürdige ist nur, daß ich in diesem Innenhof der einzige Mensch bin. Wo sind alle anderen? Vielleicht hat sich der Soldat getäuscht, als er meinte, jemanden von der Women's Land Army gesehen zu haben.

Ich lasse mein Gepäck stehen und beginne auf meiner Suche nach Menschen mit dem größeren, mir gegenüberliegenden Teil der Anlage, auf der anderen Seite des Rasens. Die steinernen Stufen, die zu der schweren Holztür hinaufführen, sind in der Mitte zu glatten Mulden ausgetreten. All die Jahre, in denen das Gewicht auf dieselbe Stelle traf, wie ein Versprechen, das stets gehalten wurde.

In diesem Gebäude ist niemand zu sehen. Im ersten Stock befindet sich eine riesige Küche. Im zweiten Stock ein höhlenartiger Speisesaal mit einer massiven offenen Feuerstelle am einen Ende und riesigen, bleigefaßten Fenstern, die so groß sind wie in einer Kirche. Ich stelle mich an eines der Fenster und blicke hinaus; vermutlich ist das der Garten. Wuchernde Eiben nehmen den Vordergrund ein. Hinter den Eiben kann ich ein großes, von einer Mauer eingefaßtes Rechteck ausmachen, vermutlich der Küchengarten. Hinter den Backsteinmauern ist ein Durcheinander verschiedener Pflanzen zu erkennen. Das Gelände ist wesentlich größer, als ich ursprünglich angenommen hatte. Überall um den Küchengarten herum stehen Gruppen von Sträuchern, möglicherweise Anzeichen für weitere, kleinere Gärten. Rechts erstrecken sich Hügel und Senken. Links die flache Ausdehnung der Felder bis zum Fluß hinunter. Auf einem Anwesen dieser Größe muß es einen Obstgarten geben. Ich suche das Gelände um den Küchengarten herum nach dem verräterischen Astgewirr von Apfelbäumen ab, aber überall herrscht eine solche Vernachlässigung, ein solcher Wildwuchs, daß ich in dem Gewirr aus Bäumen und Sträuchern keine Obstbäume ausmachen kann.

Mir fällt immer wieder ein, daß Virginia Woolf gestorben ist. Doch in dem Artikel in der *Times* hieß es nicht ausdrücklich *gestorben*. Es hieß, *es muß davon ausgegangen werden*, was besagt, daß die Leiche nicht gefunden wurde. Ihre Leiche.

Die Sonne taucht hinter einer Wolke hervor und verankert die großen, ungebärdigen Eiben mit ihren Schatten auf dem Rasen.

Es muß einen Weg geben, der den Speisesaal mit dem Westflügel verbindet, aber ich finde ihn nicht und gehe wieder nach draußen, um den Komplex auf der rechten Seite zu betreten. Der erste Stock des langen Steingebäudes ist in verschiedene Nutzungsbereiche eingeteilt – riesige Schränke mit Laken und Decken, eine Wäschekammer, ein Raum mit Kohlenbehältern. Im ersten Stock befinden sich Toi-

letten, zwei Badezimmer, eines an jedem Ende des ziemlich langen Flures, und eine Reihe von Schlafzimmern. Sämtliche Schlafzimmer scheinen in Beschlag genommen zu sein. Ich öffne die Tür zu jedem Zimmer und sehe Kleider, die über die Möbel verstreut oder ordentlich in den Schränken aufgehängt sind. In einem der Zimmer liegt ein Plüschtier auf dem Bett, ein ziemlich abgegriffener Hund, der nur noch ein einziges Auge in seinem Plüschkopf hat. Ein weiteres Zimmer enthält meterweise Stoff, der über einen Stuhl drapiert ist. Seide. Ich berühre dieses Weiche, Glatte und denke an das Aufblitzen des Ärmels, das ich an diesem Morgen vom Taxi aus gesehen habe. Der Ärmel. Die Hand. Ich gehe den Flur entlang. Es gibt ein Zimmer mit Musikbüchern und ein Zimmer mit einem sehr ordentlich gemachten Bett. Neben dem Bett steht auf einem kleinen weißen Tisch das Photo eines jungen Mannes in der Uniform der Royal Air Force. Er hat lässig die Arme überkreuzt, doch auf seinem Gesicht ist kein Lächeln; es hat einen hungrigen Ausdruck, möglicherweise Müdigkeit oder Angst. Ich weiß nicht, warum ich das tue, aber ich berühre sein Gesicht mit dem Finger, vorsichtig, wie man etwas sehr Zartes berührt. Die dünne Seidenhaut einer Mohnblume. Ein Weinglas, dessen Oberfläche von einem Spinnennetz feiner Linien durchzogen ist.
Schließlich, kurz vor dem Ende des Flures, in dem Teil des Gebäudes, der der Stelle am nächsten ist, wo die kanadischen Soldaten mich aussteigen ließen und wo mein Gepäck immer noch wartet, gibt es ein unbenutztes Zimmer. Darin stehen ein Schrank und eine Kommode, eine Waschschüssel, ein Bett in der Nähe des Gaubenfensters, das auf den Hof und die gegenüberliegenden Ställe dahinter hinausblickt. Es gibt einen kleinen Kamin und einen großen Stützbogen aus altem Holz, der offensichtlich das Dach hält. Man hat an ihm herumgeschnitzt, er ist lädiert

und vernarbt, als wäre er, den Elementen ausgesetzt, hier gewachsen, lange bevor es ein Gebäude zu stützen gab.
Ich öffne Kommodenschubladen und Schranktüren. Nichts. Ich stehe in der Mitte dieses Zimmers, das, falls es noch nicht belegt ist, meines sein könnte, und stelle fest, daß es merkwürdig riecht. In dem Zimmer riecht es, als hätte es vor kurzem gebrannt, obwohl es nirgends einen sichtbaren Beweis dafür gibt. Doch der Brandgeruch ist eindeutig. Ich gehe auf den Flur hinaus, wo es riecht wie in einem normal muffigen, feuchten Gebäude, und kehre dann wieder in das Zimmer zurück, wo es nach verkohltem Holz riecht.
Draußen auf dem Flur sehe ich schließlich ein menschliches Wesen – eine junge Frau, die mit großer Geschwindigkeit auf mich zukommt.
„Hallo", sage ich. Sie kommt schlitternd neben mir zum Stehen. Sie ist klein und dunkel, schlank unter mehreren Lagen Pullovern.
„Hallo", sagt sie. „Sie sind neu." Sie wartet meine Antwort nicht ab, starrt in mein neues Zimmer. „Ja, richtig", sagt sie. „Niemand wollte dieses hier. Es stinkt."
„Was ist passiert?"
Das Pullover-Mädchen zuckt die Schultern. „Ein Geheimnis", sagt sie. „Menschenopfer. Jemand hat gekocht, und es ist gründlich schiefgegangen."
Es ist alles ein Geheimnis. Wo alle sind. Wer sie sind. Warum nichts den schriftlichen Informationen entspricht, die ich erhielt, als ich mich für diese Stelle meldete.
„Und wer bist du?" sage ich. Ich habe mit all dem hier die Geduld verloren.
„Jane." Sie betrachtet mich genau, begegnet meiner Ungeduld mit einer gewissen Strenge ihrerseits. „Wer sind Sie?"
„Gwen Davis. Von der Royal Horticultural Society."
„Der Royal was?"

„Horticultural Society." Ich spreche es sehr langsam aus, als redete ich mit einer Idiotin. Ich kann nicht glauben, daß sie noch nie davon gehört hat. Wir sind berühmt. Unser Ruf ist auf der ganzen Welt verbreitet. Wenigstens glaube ich das.

„Was haben Sie dort gemacht? Bei der Horticultural Society?" Sie dehnt jede Silbe der beiden Wörter, macht sich über mich lustig.

„Ich habe für das Obst- und Gemüsekomitee gearbeitet."

„Indem Sie was taten?"

„Indem ich versucht habe, ein Heilmittel gegen Pastinakenfäule zu finden."

In Wahrheit war ich einem Heilmittel in keiner Weise auf der Spur. Dies ist teilweise der Grund, warum ich diese Aufgabe übernehmen wollte, während des Krieges die landwirtschaftliche Produktion eines requirierten Landguts zu beaufsichtigen, weil ich bei meiner eigentlichen Arbeit so abgrundtief versagt hatte. Ich hatte die Pastinakenfäule monatelang peinlich genau beobachtet. Ich hatte reichlich Notizen gemacht. Ich verfügte über zahlreiche Exemplare. Doch anscheinend war ich nicht in der Lage, die Kluft zwischen den langen Pastinakenreihen im Labor, sämtlich in unterschiedlichen Stadien eines stinkenden Todes, und einer Heilmethode zu überbrücken, die es für all dieses verrottende Gemüsefleisch auf dem der Wissenschaft gegenüberliegenden Ufer geben mußte. Oder dem Wunder.

Jane sieht mich an, fängt plötzlich an zu grinsen und hüpft rasch an mir vorbei die Treppe hinunter.

„Das Abendessen ist um sieben", ruft sie von unten herauf. „Tut mir leid wegen der Fäule."

4

In den besten Gärten herrscht eine perfekte Balance zwischen Ordnung und Chaos. Die Spannung, die von diesem beständig bedrohten Gleichgewicht ausgeht, ist der eigentliche Impuls eines Gartens.

Ich habe nicht in vielen Gärten gearbeitet, seit ich bei der Royal Horticultural Society begonnen habe. Und seit ich vor einem Jahr damit anfing, die Pastinakenfäule zu untersuchen, habe ich außer meiner Abteilung mit den sterbenskranken Pastinaken kaum noch etwas gesehen. Doch ich brauche nur die Tür zu dem ummauerten Küchengarten zu öffnen, um zu wissen, daß in diesem Garten ein vollständiges Chaos herrscht.

Da ist ein Kreuz aus Unkraut, das einmal ein Weg gewesen ist und die große Fläche in vier gleiche Teile teilt. Dieser Gemüsegarten muß nach der klassischen Vier-Jahres-Fruchtfolge organisiert gewesen sein. Vielleicht ist der Boden unter all dem Unkraut und dem Geröll noch immer gesund. Ich gehe am Rand eines Beetes in die Knie und greife unter einem Gewirr abgestorbener Äste mit beiden Händen in die kühle, feuchte Erde.

Dieser ganze Tag kommt mir unwirklich vor. Die Pension zu verlassen, die mein Zuhause zu nennen ich nicht ganz über mich bringe, obwohl es der Ort ist, wo ich die vergangenen zwei Jahre gelebt habe. Die Stadt zu verlassen, die ich liebe. Die merkwürdige Bahnreise in Richtung Süden ins West Country. Die Nachricht über Mrs. Woolf. Dieser seltsame Ort, wo es Hinweise auf andere Menschen gibt, doch nur dieses eine, ungezogene Mädchen namens Jane anzutreffen ist. Nichts von alldem schien zu meiner bisherigen Lebenserfahrung zu passen. Und jetzt, zum ersten Mal heute, die Hände voll fruchtbarer, klumpiger Erde, fühle ich mich tatsächlich wieder mit dem Leben verbunden.

Ich zerreibe die Erde zwischen meinen Fingern. Die rote Erde von Devon ist fest und hat eine gute Textur. Ich nehme ein wenig auf meine Zungenspitze und schmecke den wurmigen, metallischen Geschmack eines mit Nährstoffen vollgepumpten Bodens. Es wird gut werden. Alles wird gut werden. Ich lege den Kopf in den Nacken, halte das Gesicht der Sonne entgegen und schließe die Augen. Das hat mir gefehlt; ich hatte vergessen, wie sehr ich es liebe, zwischen den lebenden Dingen unten am Boden zu sein, die Hände bis zu den Handgelenken in süßer, klebriger Erde vergraben. Ich bin Gärtnerin und habe die letzten zehn Jahre hauptsächlich drinnen verbracht. Wo liegt da der Sinn?

Aus einem Baum an der Gartenmauer erklingt fröhliches Vogelgezwitscher. Wann habe ich in London zum letztenmal bewußt einen Vogel gehört? Hier scheint der Krieg überhaupt nicht zu existieren. Der Ort liegt viel zu weit westlich für das Dröhnen der Bombenflugzeuge auf ihrem Weg über den Kanal. Gab es eine solche Welt vor dem Krieg? Eine ruhige Welt. Einen langsamen Garten.

Plötzlich kann ich mich an die Vögel im Green Park erinnern, als ich vor dem Krieg von meiner Unterkunft in Bloomsbury auf dem Weg zu meiner Arbeit in Vincent Square dort entlanggegangen bin. Vögel im Green Park. Vögel im Russell Square. Bäume in Seen aus Narzissen. Ich konnte kreuz und quer durch London wandern, indem ich von einem belaubten Platz zum anderen ging.

An einer der Gartenmauern steht ein alter Hühnerstall mit Auslauf. An einer anderen Wand ein kleiner Backsteinschuppen. Die Tür ist mit einem rostigen Vorhängeschloß gesichert, und das Fenster ist zu schmutzig, um hineinzuschauen. Es bedarf weiterer Untersuchung, dieses Häuschen. In seinem dunklen Inneren werden sich vielleicht Werkzeuge finden. Ich werde später zurückkommen müssen und etwas mitbringen, um das Schloß aufzubrechen.

Beim Verlassen des Gartens begegne ich einem weiteren Mädchen, das an der Mauer vorbei eilig zum Eingang des Innenhofs strebt. Sie ist ebenso groß, wie Jane klein war, hat einen kräftigen Schlenderschritt und einen üppigen Lockenschopf, der bei jedem ihrer Riesenschritte auf und ab hüpft. Sie sieht ein wenig wie ein riesiges Kind aus, hält den Kopf gesenkt und sieht mich gar nicht. Ich stelle mich ihr in den Weg, und sie rennt mich beinahe über den Haufen.

„Halt." Ich strecke die Hand aus.

„Tut mir leid." Sie wirkt vollkommen überrascht, mich zu sehen.

„Was geht hier vor?" sage ich. Ich nehme meine Hand von ihrer Schulter und sehe den Schmutzfleck, den ich auf ihrer Strickjacke hinterlassen habe. „Ich bin aus London hierhergekommen, um eine Gruppe Landwirtschaftsarbeiterinnen zu beaufsichtigen, von denen noch keine hier sein sollte, und bei meiner Ankunft sieht es so aus, als wären sämtliche Mädchen bereits eingetroffen. Aber ich kann niemanden finden. Was geht hier vor?"

Das große Mädchen scheint es bei meinem Ausbruch tatsächlich mit der Angst zu tun zu bekommen. Sie macht ein paar Schritte zurück. Ich gehe vorwärts. Sie geht weiter zurück, und wir bewegen uns in einem seltsamen, stockenden Tanz über den Weg auf den Garten zu. Schließlich stößt sie mit dem Rücken an die Mauer und bleibt stehen.

„Sie sind alle oben im Haus, Ma'am."

„In welchem Haus?"

„Dem Haus mit den kanadischen Soldaten."

„Und was tun die Mädchen dort?"

„Sie sind zu Besuch."

„Zu Besuch?" Ich kann diese Unverfrorenheit nicht fassen. „Dies ist Krieg, kein Sonntagsausflug", sage ich, obwohl der Sonnenschein und die bukolisch duftende Natur wirklich eher an ein Sonntagspicknick erinnern.

Das große Mädchen blickt auf seine Schuhe hinunter. Ich tue das gleiche. Es sind riesige Schuhe, Männergröße. „Es tut mir leid“, sagt sie. „Wir wußten nicht, was wir tun sollten. Niemand schien verantwortlich zu sein.“
„Nun, ich bin verantwortlich. Und ich bin jetzt hier. Ich möchte, daß du zum Haus hinaufgehst und den anderen sagst, sie sollen herunterkommen. Keine weiteren Besuche. Die Arbeit muß losgehen. Ich werde heute beim Abendessen mit allen sprechen.“
„Ja, Ma'am.“ Das große Mädchen geht an der Backsteinmauer entlang in Richtung Innenhof. Das ist die entgegengesetzte Richtung zu der, in der ich das Haus vermute.
„Wohin gehst du?“ Ich kann nicht glauben, daß sie mir trotz ihrer unterwürfigen Körpersprache so schnell nicht gehorcht.
„Zum Haus.“
„Liegt das Haus nicht in dieser Richtung?“ Ich deute am Garten vorbei den Hügel hinauf.
„Hinter dem Westflügel gibt es eine Abkürzung. Einen Weg durch den Wald.“
„Wie lange bist du schon hier?“ Was, wenn die Land Girls schon seit Wochen in Mosel sind? Welche Möglichkeiten habe ich, sie je unter Kontrolle zu bringen?
„Vier Tage.“
„Und du kennst bereits eine Abkürzung zum Haus?“ Es ist alles viel schlimmer, als ich dachte. Die Mädchen sind wahrscheinlich bei den Soldaten eingezogen.
„Ich komme von hier.“ Das große Mädchen blickt mich an, und in ihren Augen blitzt ein gewisses Selbstbewußtsein auf. „Mein Vater hat früher hier gearbeitet. Im Garten. Ich kenne mich hier aus.“
Das ist eine glückliche Wendung. Es wird einfacher sein, den Garten zu entschlüsseln, wenn es jemanden gibt, der einmal so vertraut damit war, um mir dabei zu helfen.

„Lebt dein Vater noch?“ frage ich.
„Ja.“
„Wohnt er in der Nähe?“
„Ja. Im Dorf.“ Das große Mädchen denkt, ich hätte etwas anderes im Sinn. „Ich könnte dort wohnen, Ma'am, das weiß ich, aber ich hatte noch nie die Möglichkeit, von zu Hause fort zu sein. Und in Mosel zu wohnen, ist so aufregend.“
Ich könnte sie daran erinnern, daß wir wahrscheinlich in den Dienstbotenquartieren untergebracht sind und daß der Aufenthalt auf einem solchen Anwesen nur dann wirklich zählt, wenn man im Herrenhaus wohnt; doch es gibt keinen Grund, absichtlich grausam zu sein. Ich brauche dieses Mädchen. Sie wird sich als nützlich erweisen.
„Natürlich kannst du weiter hier wohnen“, sage ich. „Jetzt geh und hol die anderen aus dem Haus. Ich sehe euch dann alle beim Abendessen.“

5

Ich bin in meinem Leben dreimal berührt worden. Absichtlich berührt. Zum erstenmal von meiner Mutter, obwohl ich mich aus meiner Kindheit nicht an häufige Zuneigungsbekundungen erinnern kann, und mit Sicherheit an keine, nachdem ich zur Schule geschickt wurde und nur noch sporadisch nach Hause kam. Das zweite Mal war im Internat. Das hatte mit einer Mitschülerin zu tun. Ich war vierzehn Jahre alt. Der dritte absichtliche körperliche Kontakt war mit Mr. Gregory unter dem als provisorischem Bunker dienenden Eßtisch in Mrs. Royces Pension.
Die erste Erfahrung, die man in bezug auf die Liebe macht, ist entweder die empfangener Liebe oder die verweigerter

Liebe, und an dieser Erfahrung werden alle unsere zukünftigen Wünsche und Erwartungen gemessen.

Meine Mutter berührte mich am Kopf. Sie sagte: „Wenigstens hast du schönes Haar." Sie rieb meine Brust mit Liniment ein. Meine Mutter hielt in dem einen Jahr meine Hand, als ich mich vor einem Bullen hinten im Feld fürchtete, und im Jahr darauf weigerte sie sich, obwohl ich mich immer noch fürchtete. Ich wischte mir Brösel von den Lippen. „Lerne deinen Mund zu bedecken", sagte sie. Einmal strich sie mir Regentropfen aus der Stirn. Sie schlug mich. Sie zerrte zu fest an meinem Arm, damit ich mit ihr Schritt hielt. Sie schlug mir auf die Finger, wenn ich beim Tee nach dem Kuchen griff. Sie zog mich an. Sie zog mich aus. Im Bad seifte sie mich ein, rubbelte mir beim Haarewaschen heftig den Kopf, schnitt mir mit einer rostigen Nagelschere ungeduldig die Zehennägel. Als ich sie zum letzten Mal sah, als sie klein war und krank und sterbend im Krankenhaus lag, hielt sie meinen Kopf in ihren knochigen, zittrigen Händen und sagte: „Wenigstens bist du nützlich."

Meine Schulfreundin hieß Anna. Als wir vierzehn waren, schlüpfte sie einen ganzen Monat lang jede Nacht aus ihrem Bett in meines, nachdem im Schlafsaal die Lichter gelöscht waren. Es war Januar. Ich erfuhr nie, ob unsere vorübergehende Intimität auf den ungewöhnlich kalten Winter zurückzuführen oder ob sie von einem anderen Begehren motiviert war, ein Wunsch, vor dem ich mich fürchtete, den ich aber dennoch verspürte. Jede Nacht hob Anna die Decke meines schmalen Betts und schmiegte sich an meinen Rücken. Sie liebkoste mich und küßte meinen Nacken unter den Haaren. Ihre Nase war kalt wie die eines Hundes. Sie lag auf dem rechten Arm und schlang den linken um meine Taille. Einmal hielt ich ihre Hand, hielt sie fest auf meinem Bauch. Einmal sagte sie laut meinen Namen, wie ein Versprechen. Dann, als ich mich gerade an das nächtliche Ritual gewöhnt hatte, hörte es auf. Anna blieb in ihrem eigenen Bett und ließ mich in meinem. Vielleicht war sie von einem Lehrer verwarnt worden, oder vielleicht war sie meiner einfach müde geworden. Ich hatte nie den Mut, sie danach zu fragen.

Mr. Gregory reservierte mir immer einen Platz neben sich auf dem harten Holzfußboden des Eßzimmers. Nachts, wenn die Verdunklungsvorhänge vor den Fenstern fest zugezogen waren, war es dort so dunkel wie im Inneren der Erde. Mr. Gregory leckte mein Ohr, hielt es, glaube ich, fälschlicherweise für meinen Mund. Er streichelte mit verschwitzter Hand mein Knie. Er räusperte sich, wirkte immer so, als wollte er gleich etwas Bedeutungsschweres sagen, tat es aber nie. Einmal sagte er: „Tut mir leid", doch das mochte gewesen sein, weil er statt meinem Mrs. Royces Knie streichelte und zu spät merkte, daß ihre knubbeligen Knorpel sich unter seiner Hand wenig vertraut anfühlten. Mr. Gregory schmiegte sich nur im Dunkeln an mich, eine klebrige, schwitzende nächtliche Kreatur, erfüllt von einem nervösen, feuchten, blinden Begehren.

Noch nie hat jemand zu mir gesagt, daß er mich liebt. Nun, außer meine Mutter, doch das geschah aus der Defensive als Reaktion auf meinen Vorwurf, sie tue es nicht. „Natürlich liebe ich dich", erwiderte sie als Antwort auf meinen Ausbruch. „Ich kümmere mich um dich, oder nicht?"

Es ist beinahe Zeit zum Abendessen, und ich habe Angst hinzugehen. Ich war noch nie gut im Umgang mit Menschen. Ich arbeite viel lieber allein. Diese Stellung in Mosel schien möglich, weil ich wesentlich früher hätte ankommen sollen als die Land Girls und weil ich viel älter und erfahrener war als sie. Die Kombination dieser Faktoren hätte mir Autorität verschaffen sollen, ohne daß ich sie hätte beweisen oder testen lassen müssen. Doch alles ist furchtbar schiefgegangen, weil die Mädchen viel früher hier eintrafen als ich und dieser Ort deshalb von Rechts wegen ihnen gehört. Ich bin der Eindringling. Wenn ich nun in den Speisesaal marschiere und mich für verantwortlich erkläre, wird das mit Sicherheit eine unmittelbare Abneigung gegen mich hervorrufen und vielleicht sogar ihren Unwillen, überhaupt irgendwelchen Anweisungen zu folgen. Sie hatten ein paar Tage völliger Freiheit, haben mit den Soldaten weiß Gott was für Allianzen geschlossen. Wie kann ich sie jetzt je auf meine Seite ziehen?

Mir gefiel meine Arbeit bei der Royal Horticultural Society, weil ich so unabhängig war. Es gab nur mich und die Pastinaken, in einem tödlichen Zweikampf in mein enges kleines Büro im Erdgeschoß des Gebäudes eingesperrt, ganz in der Nähe der Mülleimer. Wenn ich an Sommertagen mein Fenster öffnete, konnte ich den Abfall ziemlich deutlich riechen; häufig verwechselte ich ihn mit den Gerüchen meiner Pastinakenexemplare. Doch man ließ mich dort in Ruhe. Ich mußte mich nicht mit Leuten herumärgern, nur mit Pastinaken.

Ich hätte mich beinahe gar nicht um diese Stelle bei der Women's Land Army beworben. In der Royal Horticultural Society war ein Brief aus der Zentrale der Women's Land Army kursiert und an einem bestimmten Punkt auf meinem Schreibtisch gelandet. In dem Brief wurden Freiwillige gesucht, die sich in landwirtschaftlicher Produktion und im Gartenbau auskannten, um den zusätzlichen Anbau von Obst und Gemüse zu beaufsichtigen. Man konnte im landwirtschaftlich genutzten England überallhin abkommandiert werden. Der Brief fiel mit der Kampagne „Dig for Victory", Graben für den Sieg, zusammen, in der die Bürger gebeten wurden, ihre Blumengärten in Äcker für den Kartoffelanbau umzuwandeln. In London gab es überall Plakate, und ich fand den Slogan ein wenig ärgerlich, da er in dem Prozeß zwischen Gemüseanbau und Ernte viele Schritte ausließ. Außerdem mißfiel mir die Illustration, die den Aufruf „Dig for Victory“ begleitete: Ein bestiefelter Fuß trat ein Spatenblatt in die Erde. Der ganze Ansatz schien bei weitem mehr mit dem Krieg zu tun zu haben als mit dem Gartenbau. Doch alles, was mit dem Krieg verbunden war, war notwendigerweise auch davon verdorben. Alles, was mit dem Krieg zu tun hatte, war zum Krieg selbst geworden.

Jeder Schritt, den ich über den Innenhof mache, jeder Schritt, der mich dem Speisesaal näher bringt, erfüllt mich mit einer tiefen Verzweiflung. Ich wollte nie die Verantwortung über eine Gruppe Mädchen übernehmen. Ich bin nicht gut in solchen Dingen. Ich wollte nur aus London heraus, bevor es bis zur Unkenntlichkeit zerbombt wurde. Ich wollte dem unvermeidlichen Niedergang meiner Pastinakenexemplare entfliehen.

Ich kann die Mädchen kichern hören, als ich die breiten Steinstufen zum Speisesaal hinaufsteige. Es gibt keinen anderen Weg, als der Sache mutig entgegenzutreten. Ich hole tief Luft und drücke die mit Nägeln beschlagene Eichentür auf, die in den Raum hineinführt.

Schwere Verdunklungsvorhänge sind vor die Fenster gezogen, wo ich am Nachmittag stand und auf den Garten hinausblickte. Die Mädchen sitzen an einem langen Tisch vor dem Kamin. Sie sind plötzlich mucksmäuschenstill, als ich eintrete und quer durch den Raum auf sie zugehe.

Sie sind zu siebt, Jane eingeschlossen. Sie scheinen alle so jung zu sein wie das große Mädchen, dem ich heute nachmittag vor dem Garten begegnet bin. Jane ist die einzige, die älter aussieht als zwanzig, und sie ist mit Sicherheit nicht älter als fünfundzwanzig. Neben ihr, am Kopfende des Tisches, steht ein leerer Stuhl, und ich lasse mich darauf nieder. Niemand sagt etwas. Die schweren Vorhänge vor den

Fenstern dämpfen jeden Laut von draußen. Man hört ein kleines, rutschendes Geräusch, als etwas den Kamin hinuntertröpfelt.

Jane betrachtet mich mit einer Miene, die Sympathie oder Mitleid ausdrücken mochte. „Mädels“, sagt sie, „das ist Gwen Davis von der Horticultural Society.“ Mir zuliebe dehnt sie die letzten beiden Wörter. Ihr Spott läßt mich zusammenzucken.

„Hallo“, sage ich zu den ausdruckslosen Gesichtern am Tisch. „Ich freue mich, euch kennenzulernen.“

Die Mädchen beäugen mich mißtrauisch.

„Machen Sie sich nichts aus ihnen“, sagt Jane. „Sie haben Feindschaft geschworen. Etwas, um sich abends die Zeit zu vertreiben.“

Das bringt ein Lächeln auf einige Gesichter. Anhand von Janes Platz am Kopfende der Tafel und der Ungezwungenheit, mit der sie mit den Mädchen spricht, erkenne ich, daß sie inoffiziell bei ihnen den Ton angibt. Sie ist die natürliche Anführerin der kleinen Truppe.

Ich möchte etwas sagen, um zum Ausdruck zu bringen, daß ich dies anerkenne, kann aber die richtigen Worte nicht finden. Zu den Mädchen am Tisch sage ich: „Hier scheint ein Irrtum vorzuliegen. Ihr hättet erst kommen sollen, nachdem ich schon da war.“

Keine Reaktion von seiten der Mädchen. Man hört, wie jemand mit den Schuhen auf dem Boden unter seinem Stuhl herumscharrt.

Je schneller ich dies hinter mich bringe, desto besser. „Wie auch immer, nun bin ich hier“, sage ich unnötigerweise, aber meine Nerven gehen so sehr mit mir durch, daß ich vollkommen verwirrt bin und nicht weiß, wo ich anfangen soll. Ich bin nicht sehr gut im Umgang mit Gruppen. Etwas, was ich mir wirklich hätte überlegen sollen, bevor ich mich um diese Stelle bewarb.

„Ich setze Sie ins Bild, ja?“ sagt Jane. Sie berührt mich leicht am Arm, um mich davon abzuhalten, noch mehr zu sagen. „Während Ihrer sehr bedauerlichen Abwesenheit“, sagt sie, „war die Abgeordnete des Landkreises hier. Ihr Name ist Mrs. Billings. Sie brachte unsere Uniformen, zu denen, wie ich hinzufügen muß, ein äußerst unglückseliger Hut gehört. Ich habe Ihre Kleiderzuteilung. Ich gebe sie Ihnen nach dem Abendessen.“ Wie auf ein Stichwort hin öffnen sich die Saaltüren, und zwei Frauen tragen gefüllte Teller herein. Das große Mädchen kichert. Jane läßt sich nicht aus dem Konzept bringen. „Das Abendessen“, sagt sie. „Diese freundlichen Frauen sind im Dorf angeheuert worden, um das Abendessen für uns zu kochen.“ Sie wedelt mit einer Hand theatralisch in ihre Richtung. „Mabel“, sagt sie, als die ältere der Frauen einen Teller vor eines der Mädchen hinstellt, der etwas enthält, was wie Saufraß aussieht. „Irene“, sagt sie, als die andere Frau das gleiche tut. Beide Frauen blicken auf und lächeln erschreckt und verlegen. „Beim Frühstück und beim Mittagessen sind wir auf uns selbst gestellt“, sagt Jane zu mir.
„Wie steht es mit Geld?“ frage ich.
„Ich zeige Ihnen die Kassetten.“ Jane zieht eine Grimasse, als ihr Teller vor sie hingestellt wird. „Es gibt Geld vom Kriegskomitee für landwirtschaftliche Angelegenheiten.“ Sie stochert in den grauen Knorpelklumpen herum, die in einer wäßrigen Soße auf ihrem Teller herumschwimmen. „Es gibt auch Geld von den Besitzern dieses Anwesens, um für die Tiere aufzukommen.“
„Tiere? Welche Tiere?“ Es war keine Rede davon gewesen, daß es auf Mosel irgendwelche Tiere gab, um die man sich kümmern mußte.
„Ein paar Kühe. Zwei Pferde.“ Jane legt Messer und Gabel beiseite, ohne etwas gegessen zu haben. „Ich habe beschlossen, das zu tun. Mich hier um die Tiere zu küm-

mern." Ihre Stimme läßt keinen Widerspruch zu. Ich würde es auch nicht versuchen. Es ist offensichtlich, daß Jane eine wesentlich befehlsgewohntere Präsenz hat als ich. Sie weiß mühelos, wie man führt. Diese Mädchen werden sich nicht von meinem Gartenbauwissen allein lenken lassen. Wenn ich bei ihnen eine Chance haben will, wenn ich ihren Gehorsam und ihr Vertrauen gewinnen will, muß ich mit leichter Hand führen. Die beste Methode zu führen ist vielleicht die, scheinbar überhaupt nicht zu führen. Ich warte, bis die Mädchen alle ihre Teller haben und Mabel und Irene aus dem Speisesaal gegangen sind. „Ich möchte nur ein paar Worte sagen", sage ich. „Bitte eßt, während ich spreche." Ich bin jetzt verzweifelt darauf aus, in welcher Weise auch immer mit ihnen zu kooperieren, um die Situation erträglicher zu machen. „Wie ihr wißt, sind wir hier, um den Garten zu bearbeiten und etwas von dem umgebenden Land für den Kartoffelanbau zu nutzen. Wir sind alle hier, um unseren Teil mit der Hacke zu leisten." Auch wenn ich den genauen Wortlaut vergessen habe, beziehe ich mich auf das offizielle Lied der Land Army, in dem versucht wird, durch eine Glorifizierung der Hacke auszugleichen, was es uns an Waffen fehlt.

Niemand reagiert auf meinen Versuch, Humor zu zeigen. Die Mädchen starren mich alle unverwandt an, ihre Hände mit dem Besteck schweben wie festgefroren über dem Essen. Ich sehe das große Mädchen an. „Wie heißt du?"

„Doris."

„Kommt außer Doris noch jemand von hier?" frage ich.

Niemand antwortet. Schließlich sagt Jane: „Die meisten kommen aus London."

„Nun gut", sage ich. „Morgen treffen wir uns nach dem Frühstück im ummauerten Küchengarten. Ich werde die Arbeit genauer erklären, und Doris wird die Verantwortung übernehmen."

„Ich?“ Doris blickt mich voller Entsetzen an.

„Ja. Das ist bis dahin alles. Ihr seid offensichtlich ganz gut ohne mich zurechtgekommen. Heute abend seid ihr euch selbst überlassen. Aber bitte verlaßt das Anwesen nicht. Keine Besuche bei den Soldaten, die im Haus einquartiert sind.“ Ich schaufle etwas von dem, was ich für Hammeleintopf halte, auf meine Gabel, und die Mädchen folgen meinem Beispiel und fangen an zu essen. Bald unterhalten sie sich untereinander und ignorieren mich völlig. Nur Doris schenkt meiner Anwesenheit Beachtung, wirft mir schnelle, panische Blicke zu.

Jane hat ihren vollen Teller zurückgeschoben. Sie beobachtet mich, wie ich mein Abendessen verspeise. „Eine interessante Taktik“, sagt sie mit einer Stimme, die nur für meine Ohren bestimmt ist. „Die Kartoffeln von den Kartoffeln zu trennen.“

6

Nachdem das Abendessen abgeräumt ist und einige der Mädchen in die Küche gegangen sind, um den Abwasch zu erledigen, gehe ich mit Jane nach unten, um meine Land-Army-Uniform aus dem Schrank in der Wäschekammer zu holen, wo sie sie aufbewahrt hat.

Sie händigt mir mehrere Kleidungsstücke aus. Zum Dasein eines Land Girls gehören wesentlich mehr Ausstattungsteile, als ich erwartet hatte.

„Zwei grüne Pullover. Zwei Paar Breecheshosen. Zwei Paar Arbeitshosen.“ Jane schleudert mir die Teile in rascher Folge entgegen. „Die Größe stimmt vielleicht nicht, aber es gibt hier noch Extrapaare, die man durchsehen kann, und vielleicht tauscht jemand mit Ihnen. Sehen Sie sich das an.“

Sie schwenkt etwas vor meiner Nase herum. Es ist der Hut, ein schlaffer, zusammengefalteter Filz. Jane wirft ihn oben auf den Stapel in meinen Armen. „Taugt nicht einmal als Teewärmer“, sagt sie.

Ich beobachte, wie Jane in diesem Schrank herumwirbelt und wie ein Sturmwind mit Hemden und Hosen um sich wirft. Ich möchte ihr Fragen stellen zu den anderen Mädchen, dazu, was in meiner Abwesenheit hier vor sich gegangen ist, doch ihre Energie verschlägt mir die Sprache. Ein Regenmantel fliegt aus dem Wäscheschrank und legt sich um meine Schultern. Diese Kleider scheinen kein Ende zu nehmen. „Warum sind da so viele Sachen?“ sage ich. Jane kickt ein Paar Gummistiefel in meine Richtung. „Es ist schwierig, sauber zu bleiben und nett auszusehen“, sagt sie, „bei einer so ‚gesunden, glücklichen Arbeit‘.“ Ich kenne diese Zeile von einem Rekrutierungsplakat der Women's Land Army. Sie ist beinahe so schlecht wie das Lied über die Hacke.

„Warum bist du hier?“ frage ich.

Jane nimmt den Regenhut ab, den sie sich auf den Kopf gesetzt hat, und sieht mich offen an. „Warum fragen Sie?“

„Du scheinst anders zu sein als die anderen.“

„Gott sei Dank.“ Sie wirft den Regenhut auf meinen Kleiderstapel und fischt ein Päckchen Gold-Flakes-Zigaretten aus einer Tasche ihres Pullovers. „Die hab ich von einem Soldaten geschnorrt“, sagt sie. Sie hält mir das Päckchen hin, und ich schüttle den Kopf, nein. „Sie haben recht.“ Sie zündet sich eine Zigarette an, nimmt einen tiefen Zug und bläst eine Rauchwolke gegen die Stapel aus sorgfältig zusammengefalteter Bettwäsche. „Ich bin nicht für ein großes Abenteuer hier. Oder um ‚meinen Teil zu leisten‘.“

„Warum bist du dann hier?“

„Ich bin auf einem Bauernhof aufgewachsen. Meine Eltern

meinten, es wäre eine gute Umgebung für mich, in die ich zurückkehren könnte. Vor allem jetzt."

Die Wäschekammer füllt sich langsam mit Rauch. Ich weiche zurück auf den Flur, und Jane kommt hinter mir her. „Warum jetzt?" sage ich. Wir stehen auf dem Flur und lehnen einander gegenüber an der Wand. Ich stütze das Kinn auf den Kleiderstapel in meinen Armen.

„Weil ich Kummer habe. So nennen es die Ärzte. Zu denen man mich gebracht hat. Kummer." Jane lehnt den Kopf an die Wand. In ihrer linken Schläfe pocht eine blaue Ader. Die Fingernägel der Hand, mit der sie die Zigarette zum Mund führt, sind völlig abgebissen. „Und es stimmt, nehme ich an", sagt sie. „Andrew, mein Verlobter, ist vermißt gemeldet. Vermißt, so nennen sie es. Seit dem fünften März."

Das läßt mich an Virginia Woolf denken. Vermißt. Genau das ist bei ihr der Fall. Im Moment erscheint sie unzweifelhaft als ein Opfer des Krieges. Wie jedes andere.

Als ich noch aktiver in privaten Gärten arbeitete, wurde ich immer dafür kritisiert, wie langsam ich einen neuen Garten anlegte. Ich war jemand, der sehr langsam pflanzte. Ich pflanzte gerne jeweils nur eine Blumensorte und gab ihr eine Saison oder zwei, um sich so auszubreiten, wie sie es brauchte. Lebendige Dinge wissen, was sie brauchen. Ich habe das immer gedacht. Warum etwas von Anfang an zu voll machen, wenn es noch nicht einmal die Möglichkeit hatte, es selbst zu werden? Gärtnern, das eigentlich Geduld erfordert, ist oft eine Domäne der Ungeduldigen, und dort, wo der Wunsch nach unmittelbarer Schönheit bestand, wurde ich häufig nicht weiterbeschäftigt.

Ich könnte Jane alle Arten von neugierigen, besorgten Fragen stellen. Aber ich tue es nicht. Ich lehne mich an die Wand und sehe ihr zu, wie sie ihre Zigarette raucht. Das gewachste Leinen des Regenhuts klebt an meinem Kinn. Ich bin plötzlich unglaublich müde. Dieser Krieg dauert schon so lange, denke ich, daß dieses endlose Warten inzwischen unser Leben geworden ist. Es gibt nichts anderes. „Manchmal glaube ich, daß alles, was wir uns je gewünscht haben, in der Verkleidung dieses Krieges zu uns kommt. Worauf warten wir? Wir warten darauf, uns zu erholen. Wir warten darauf, nach Hause zu gehen. Wir warten darauf, daß jemand zu uns zurückkehrt. Trost und Liebe. Was gibt es sonst?" Ich bemerke zu spät, daß ich dies laut ausgesprochen habe.

Jane blickt mich aufmerksam an. „Sind das Ihre Alternativen?" fragt sie.

„Ja, ich glaube schon."

„Worauf warten Sie, Gwen?"

Es ist mir peinlich, dieser Fremden so viel erzählt zu haben, aber ich bin zu erschöpft, um jetzt damit aufzuhören. „Die Liebe", sage ich. Es ist die Wahrheit, und ich habe es noch nie laut ausgesprochen. „Und du?"

Janes Stimme ist leise, ruhig, als wären die Rauchschwaden, die sie ausbläst, Worte, die aus ihrem Körper kommen. „Ich warte auch auf die Liebe", sagt sie. „Ich warte darauf, daß die Liebe, die ich hatte, zu mir zurückkommt."

Ich erinnere mich an das Zimmer im Westflügel, das ich am Nachmittag betreten habe, wo das Photo des Luftwaffensoldaten neben dem Bett stand. Daß er sowohl nervös als auch gelassen ausgesehen hat. Daß ich sein Gesicht berührt habe. Das mußte Andrew sein. „Liebe", sage ich wieder, denn nun, da ich es zugegeben habe, kann ich nicht mehr aufhören, es zu bekennen.

7

Von all meinen Büchern, die ich von London nach Devon mitgeschleppt habe, ist *The Genus Rosa* das umfangreichste. Miss Willmotts Enzyklopädie der Rosen besteht aus zwei Bänden, jeder Band groß und schwer, mit Miss Willmotts botanischer Ernsthaftigkeit beladen. Ich ziehe sie aus meinem Gepäck, lege mich auf den Boden und packe mir den einen Band auf die Brust und den anderen auf den Bauch. Ich habe angefangen, das zu tun, als die deutschen Bombardements im letzten Winter immer heftiger wurden. Eigentlich habe ich mit diesem Trostritual sogar noch einige Monate früher begonnen, als meine Mutter im Krankenhaus im Sterben lag.

Ich liege auf dem Fußboden meines temporären Zuhauses unter *The Genus Rosa*. Neben mir sehe ich all den Staub unter dem Bett. In dem Zimmer riecht es immer noch stark nach Rauch. Die Bücher drücken mich nieder. Sicherlich konnte niemand so viel wiegen wie *The Genus Rosa*? Denn das ist es, was ich mir vorstelle – jemanden. Das ist es, worüber ich nachdenke – die Liebe.

The Genus Rosa war das einzige Geschenk, das meine Mutter mir jemals machte. Das einzige Geschenk, das ich wirklich hochschätzte. Seine Größe und sein Gewicht entsprachen ihrer Vorliebe für Theatralik. Als Geste war es großartig. Sie schenkte mir die Bände zu meinem Examen am Gardening College. Die Bücher waren so schwer, daß sie sie nicht in den Saal tragen konnte und mich von dem Empfang wegziehen mußte, damit wir sie aus ihrem Auto holen konnten. Doch das machte mir nichts aus, nicht als ich *The Genus Rosa* auf dem Rücksitz ihres Austins liegen sah. „Da", sagte sie und riß die Tür auf. „Ist das nicht ein fabelhaftes Geschenk?" Und das war es. Wirklich. Vielleicht war ich nie wieder so glücklich wie an jenem Tag. Ich erinnere mich an den scharfen Geruch der Ledersitze und an meine Hand, die auf dem glatten Lack lag, als ich mich ins Auto beugte. Und da war es, *The Genus Rosa*, an den Rücksitz gelehnt, und jeder Band so massiv wie die Wand eines kleinen Hauses.

Ich bin nur ein paar Jahre älter als der erste Band von *The Genus Rosa*. Mir gefällt der Gedanke, daß Miss Willmott mitten im Schreiben war, als ich geboren wurde. Gab es eine bestimmte Rose, an der sie in dem Moment arbeitete, als ich geboren wurde? Die *Arvensis* vielleicht, oder die *Phoenicea*? Vielleicht sogar die *Rosa rugosa* selbst. Mir gefällt der Gedanke, daß der Augenblick meines ersten Atemzugs auf dieser Erde mit dem Augenblick zusammenfällt, als Miss Willmott *Rosa rugosa* oben auf ein blankes Blatt Papier schrieb.

8

Liebe Mrs. Woolf,

Ich muß gestehen, daß mir von Ihren Büchern *Die Fahrt zum Leuchtturm* am besten gefällt. Es ist ein perfekter Garten. Die richtige Mischung aus Ordnung und Chaos. Ich bewundere (nein), ich liebe es, wie der Leuchtturm, immer im Hintergrund der Geschichte, in gewisser Hinsicht Mrs. Ramsay selber ist. Daß die Lichtstrahlen beinahe Teil von Mrs. Ramsays emotionalem Rhythmus sind.

Ich würde sagen (nein). Stimmt es vielleicht, daß dieses Buch eigentlich von der Qual der Erinnerung handelt? Auch deshalb ist es ein perfekter Garten. Das sind Blumen manchmal für uns, ein Spuk.

Sind Sie heute vor sieben Jahren jemals im Juni über den Tavistock Square gegangen? Das ist es, was mich quält.

Und jetzt, wo Sie verschwunden sind (nein). Jetzt, wo man Sie vermißt, werde ich Ihre Antwort möglicherweise nie erfahren.

An *Die Fahrt zum Leuchtturm* gefiel mir, daß die großen Fragen über Kunst und Zivilisation, die Mr. Ramsay stellte, an die Escalloniahecke gerichtet waren.

Aber jetzt denke ich an den Tavistock Square in London. Ich kann diesen Brief in meinem Kopf nicht weiterschreiben, diesen endlosen Brief, den ich mir ausdenke und niemals abschicke. Und warum mache ich damit weiter, wenn die Person, an die ich ihn schicken würde, vielleicht nicht einmal mehr lebt? Aus Gewohnheit? Bedürftigkeit? Weil es mich mit jener Nacht im Juni vor sieben Jahren verbindet, als kein Krieg herrschte, als alle Gebäude auf meinem Weg durch die Stadt noch an ihrem Platz standen. Weil sich London und der Weg zum Fluß hinunter für mich aus einer Aneinanderreihung grüner Plätze zusammensetzt. Sonnenlicht auf Gras. In der Stadt das weiße Gestein der Kirchen vor dem Nachthimmel. Wie Knochen, ich könnte sagen, sie glichen Knochen. Ich könnte sagen, die Stadt sei ein Körper, der auf mich herabdrückt. Das feine Haar der hohen Gräser auf dem Friedhof von Highgate. Der Geruch des Flusses. Diese Welt, die ich, so wie sie ist, nie mehr bewohnen werde.

9

Ich finde den Brief vom Büro der Women's Land Army, als ich meine Habseligkeiten in mein neues Zimmer einräume. Als ich ihn lese, stelle ich fest, daß der Fehler einzig und allein auf meiner Seite lag. Ich hätte schon vor einer Woche in Mosel eintreffen sollen. Irgendwie hatte ich das Datum

verwechselt. Kein Wunder, daß niemand am Bahnhof war, um mich abzuholen.
Ich setze mich mit dem Brief in der Hand auf mein Bett. Wie hatte ich so dumm sein können? Das ganze organisatorische Durcheinander war mein Fehler und hätte vermieden werden können.
„Warum bist du so blöd?“ fragte meine Mutter immer, wenn es mir nicht gelang, eine Nuance der Erwachsenen zu begreifen. Diese Frage war mir immer so unfair vorgekommen. Wenn ich so blöd war, wie hätte ich darauf antworten können?
Ich hatte neu anfangen wollen. Ich hatte zur Gartenarbeit zurückkehren wollen. Ich hatte mich nützlich machen und gemocht werden wollen für das, was ich wußte. Nun hatte ich meine Chancen zerstört, bevor ich auch nur angefangen hatte. Ich zerknülle den Brief und schleudere ihn gegen den Schrank.
Draußen ist die Luft kühl, sie prickelt ein wenig auf meiner Haut, als ich den Innenhof betrete. Hier gibt es keine Luftschutzwarte. Kein Bombengekreisch, kein Geklapper herabfallender Ziegelsteine. Ich lege den Kopf in den Nacken, um die Sterne zu betrachten, doch diese Geste verursacht mir ein solches Gefühl der Einsamkeit, daß ich beinahe anfange zu weinen. „Blöd“, sage ich. „Du bist einfach blöd.“
Ich gehe langsam über den Kiesweg, der um den Innenhof herumläuft. Es ist lange her, daß ich nachts so entspannt und zweckfrei irgendwo entlanggegangen bin. Wenn ich in London während dieser Tage des Blitzkrieges nachts irgendwo hinging, dann mußte ich mich an einem bestimmten Punkt meines Spaziergangs unweigerlich dramatisch die Kellertreppe irgendeines Geschäftes hinunterstürzen oder machen, daß ich nach Hause kam, um mich unter Mrs. Royces Eßtisch zu verkriechen.

Als ich um die Ställe herumgehe, höre ich ein Geräusch. Es ist ein Geräusch, das ich unglücklicherweise von Mr. Gregory kenne, dessen Zimmer in der Denbigh Street neben meinem lag und nur durch eine bedauerlich dünne Wand davon getrennt war. Ich stoße die Stalltür auf und sehe sie auf dem Stroh liegen. Zum Glück sind sie beide immer noch mehr oder weniger angezogen. „Was macht ihr da?" sage ich laut, obwohl vollkommen klar ist, was sie da machen.

Es entsteht ein wildes Gezappel, und sie schießen unerwartet an mir vorbei, die abgelegten Kleidungsstücke an den Körper gepreßt. Der Soldat. Das Mädchen von der Land Army. In der Dunkelheit kann ich das Mädchen nicht genau erkennen, da die beiden nun quer über den Innenhof rennen. Am schlimmsten ist, daß sie beide lachen. Ich mache das Scheunentor fest hinter mir zu. Ich würde es abschließen, aber es hat kein Schloß.

Ich gehe weiter um den Innenhof herum. Ich bin zu aufgewühlt, um in mein Zimmer zurückzukehren, und weiß nicht, was ich sonst tun soll. Nach meiner dritten Runde um den Hof bin ich es leid und mache mich auf in die dunklere Umgebung des Küchengartens. Ich streiche mit der Hand über die Backsteinmauer neben mir und erinnere mich, wie ich mich in einer mondlosen Nacht die Denbigh Street entlangtastete. Von Haus zu Haus, jeder dunkle Stein glatt unter meiner Hand, bis ich das eiserne Geländer erreichte, das Mrs. Royces Haus umgab. Wie ich drinnen kein Licht anzündete, sondern mich die Treppe hinauf in mein Zimmer tastete, mich im Dunkeln auszog und ins Bett legte – als wäre die ganze Unternehmung ein einziger Augenblick, der ungebrochen verlängert wurde. Es ist das Licht, das jeden Augenblick entzaubert, hatte ich damals gedacht. Licht beweist, daß etwas so oder anders ist. Die Dunkelheit urteilt nicht.

Ich habe das Ende der Gartenmauer erreicht. Gerade als ich um die Ecke biege, um die Mauer weiter zu umrunden, höre ich einen Schrei. Eine junge Frau nimmt in der Dunkelheit vor mir Gestalt an.

„Was?“ sage ich. Der Schrei hat mich erschreckt, und ich stoße mir die Hand an den Ziegelsteinen. Es ist ein Mädchen von der Land Army. Ich bin mir nicht sicher, ob es dieselbe ist, die ich gerade mit dem Soldaten in der Scheune erwischt habe, oder eine ganz andere. Sie rennt auf mich zu. „Was ist?“ frage ich, und sie bleibt stehen.

„Da draußen ist etwas.“ Sie ist ein wenig atemlos.

„Was für ein Etwas?“

„Ein Geist“, sagt sie. „Ganz weiß und nebelhaft und geschwind zwischen den Bäumen.“

„Es kann kein Geist sein“, sage ich, aber sie hört mir nicht mehr richtig zu. Ihre Angst hat sie weitergetrieben, und sie rennt in Richtung der Gebäude davon.

Ich glaube nicht an Geister. Viel wahrscheinlicher ist, daß das alberne Ding ein anderes Land Girl gesehen hat, das zwischen den Bäumen herumschlich. Sie scheinen beunruhigend nächtliche Geschöpfe zu sein, diese Mädchen. Um meine Gedanken zu beschwichtigen, gehe ich die ganze Länge der Mauer entlang bis zu der Stelle, wo die Bäume beginnen, und bleibe ganz still stehen und starre in die Dunkelheit. Nichts. Keine Bewegung. Kein Laut. Kein Geist, denke ich, und mache mich auf den Rückweg in Richtung Innenhof, zufrieden in meinem Glauben, daß es nur diese Welt gibt und nichts jenseits davon. Doch nie habe ich mich mehr geirrt.

Am nächsten Morgen gehe ich wieder über das Kopfsteinpflaster, unter dem Torbogen hindurch auf die Auffahrt hinaus, die den Hügel zum Haupthaus hinaufführt. Ich bin erleichtert, daß das Haus weiter weg ist, als ich gedacht hatte. Es ist mindestens eine Meile entfernt, und ich bin froh, daß ich so lange brauche, um die kreisrunde Auffahrt zu erreichen. Nicht einmal über Doris' Abkürzung konnten die Mädchen alle fünf Minuten hier herauflaufen, wie ich befürchtet hatte. Ich denke an die vergangene Nacht und werfe mir Wunschdenken vor.

Das Haus ist groß und aus grauem Stein erbaut. Seine strengen Proportionen entstammen wohl dem achtzehnten Jahrhundert – drei großzügige Fenster zu jeder Seite der Eingangstür, und die Fenster im Obergeschoß nach diesen ausgerichtet. Im Dach drei Gauben, auf jeder Seite des Hauses zwei riesige Kamine.

Die massive Eingangstür wird von einem Urnenpaar aus Beton flankiert. In ihnen wächst nichts, und an der linken lehnt ein Soldat. Er hat die Augen geschlossen.

„Entschuldigen Sie", sage ich, und er öffnet die Augen, steht aber nicht auf. Wahrscheinlich hält er mich für eine Frau aus dem Dorf, die hergeschickt wurde, um das Haus zu putzen. Das ärgert mich, und mir gefällt auch nicht, wie er mich ansieht.

„Ich möchte Ihren Kommandanten sprechen", sage ich so gebieterisch wie möglich. „Wären Sie so nett, ihn davon zu unterrichten, daß Gwen Davis von der Royal Horticultural Society hier ist."

Der Soldat ist nicht beeindruckt. „Der ist im Wohnzimmer", sagt er. „Gehen Sie rein."

„Ich habe keine Ahnung, wo das Wohnzimmer ist."

Der Soldat seufzt und steht langsam auf. „In Ordnung, Ma'am", sagt er.

Das Haus ist unendlich großartiger als unser Quartier. Kristallüster. Poliertes Mahagoni. Als ich am Eßzimmer vorbeigehe, kann ich eine mit silbernem Serviergerät beladene Anrichte sehen. Uns wurde das Essen am vorhergehenden Abend auf angestoßenen Tellern serviert. Unser Besteck ist angelaufen. Zwischen den stattlichen Merkmalen des Hauses gibt es Hinweise auf seine neuen Bewohner. Eine Reihe schwerer Stiefel in der Eingangshalle. Einen Rucksack auf der Klavierbank.

Ich folge meinem widerstrebenden Führer zur Rückseite des Hauses in ein Wohnzimmer, das auf den Garten hinausblickt. Dort, vor dem Grammophon, das etwas spielt, was sich wie Mozart anhört, steht der gutaussehende Mann vom Bahnhof, der mich nach Mosel mitgenommen hat.

„Captain Raley, Ma'am", sagt der Soldat und zieht sich auf den Flur zurück.

„Sie?" sage ich. „Sie sind der Kommandant?"

Als der Mann sich zu mir umdreht, hebt er die Nadel von der Schallplatte. „Summen Sie das", sagt er.

„Was?"

„Summen Sie, was Sie gerade gehört haben." Er sieht mich aufmerksam an, und ich trällere, was ich für die letzten Noten des Stückes halte. „Mein Gott", sagt er und tritt von dem Grammophon zurück, als wäre er gebissen worden. „Das war wirklich schlecht."

„Ich bin nicht zum Summen hergekommen", sage ich und bin aufs neue eingeschnappt.

„Nein, natürlich nicht." Raley tritt ans Grammophon. Er setzt die Nadel vorsichtig auf die Platte, und die Musik erfüllt den Raum zwischen uns. Wir unterhalten uns nicht. Dann hebt er die Nadel wieder ab, und die Musik verklingt. „Mozart", sagt er. „Sogar das Requiem. Aber trotzdem vorbei. Vollkommen vorbei. Die Luft ist davon nicht verändert. Musik ist kein Regen, wie die Dichter behaupten, denn wenn es regnet, sieht man, daß es geregnet hat. Bei Musik gibt es nichts, was wirklich beweist, daß es sie überhaupt gegeben hat."

„Es gibt uns", sage ich. Ich räuspere mich, aber ich bin nicht mutig genug für einen weiteren Versuch zu summen.

Raley sieht mich an. „Sie ist vergänglich", sagt er. „Die Wirkung auf uns." Er dreht am Knopf des Grammophons, und die Platte hört auf, sich zu drehen.

„Nun, sind nicht auch wir vergänglich?" frage ich. Nachdem ich das gesagt habe, fällt mir ein, daß es nicht die richtige Bemerkung ist einem Mann gegenüber, der darauf wartet, in den Krieg geschickt zu werden. Sein Gesicht wirkt plötzlich hohl und traurig. „Es tut mir leid", sage ich. „Ich sage immer das Falsche. Ich habe zu lange allein in einem Labor gearbeitet."

„Und was getan?"

Ich denke an die sauber etikettierte Reihe gangröser Pastinaken. „Fragen Sie nicht", sage ich. „Es war nicht gut."

Raley tritt von dem Grammophon weg, und das Licht von den französischen Fenstern fällt von hinten auf seinen Kopf und läßt ihn unirdisch aussehen. „Möchten Sie einen Tee?" sagt er, und ich gehe ihm nach in die Küche.

Er erhitzt den Teekessel auf dem Herd, bereitet den Tee zu, und wir setzen uns einander gegenüber an den großen Küchentisch. Die frühe Morgensonne malt ein helles Muster auf die hölzerne Tischplatte. Ich bin hier heraufgekommen, bevor die Land Girls aufgestanden sind, habe meine neuen Kleider angezogen und bin ungesehen hinausgeschlüpft.

„Ich bin zu Ihnen gekommen", sage ich, „weil es so aussieht, als hätten meine Mädchen Zeit mit Ihren Soldaten verbracht." Eine Untertreibung, denke ich, als ich mich an letzte Nacht erinnere.

„Ihre Mädchen?" Raley lächelt mich an. „Sie? Sie sind der Kommandant?"

Ich könnte mich nicht weniger als Herr der Lage fühlen, doch ich akzeptiere die Last der Verantwortung. Freiwillig, denke ich bitter. Ich habe mich freiwillig gemeldet. „In

Ermangelung eines besseren Ausdrucks bin ich der Kommandant.“ Die Sonne heizt meinen grünen Pullover auf, und er fängt an zu jucken.

„Ich verstehe“, sagt Raley. „Sie sind der Meinung, die Soldaten unserer beiden Gruppen sollten aufhören, miteinander zu fraternisieren?“

„Ja. Wir haben alle unsere Arbeit zu erledigen. Wir sollten uns einfach ans Werk machen.“

„Aber wir warten darauf, mit unserer Arbeit zu beginnen.“ Raley beugt sich über den Tisch zu mir, und sein Gesicht ist plötzlich ernst. „Und der Beginn unserer Arbeit könnte im wesentlichen das Ende unserer Person bedeuten. Ist es vernünftig, von Männern, die sich der möglichen Auslöschung gegenübersehen, eine solche Zurückhaltung zu erwarten?“

Ich erkenne, wie grausam es ist, in diesem schönen, großartigen Haus, auf diesem prachtvollen Anwesen darauf zu warten, in den Krieg geschickt zu werden. Der Kontrast wird extrem sein. Es wäre besser, in einer Hütte am Straßenrand oder in einer provisorischen Unterkunft im Wald gewartet zu haben. „Ist das Warten unerträglich?“ frage ich.

„Ja“, sagt Raley. „Und nein, in Anbetracht der Alternative.“ Er lehnt sich wieder auf seinem Stuhl zurück, Sorge auf dem hübschen Gesicht. Wäre er eine Blume, wäre er etwas Großartiges. Ein riesiger, leuchtendblauer Rittersporn.

„Sie wissen, wie es ist, Kommandant Davis“, sagt er. „Was verboten ist, wird erstrebenswert. Verbotene Früchte und all das.“

Plötzlich sehe ich erschreckt einen splitternackten, lächelnden Roy Peake vor mir, der mit ausgestreckten Armen in jeder Hand ein perfektes Exemplar seiner unbekannten Birne hält.

„Wie wäre es mit einem regelmäßigen, organisierten Treffen, zum Beispiel zum Tanzen?" fährt Raley fort. „Sagen wir, einmal in der Woche, hier in diesem Haus?"

Ich sage ein, zwei Augenblicke nichts, lasse ihn in dem Glauben, ich überlegte es mir gründlich; doch seine Bemerkung über die mögliche Auslöschung der Männer und sein Anblick in diesem Wohnzimmer, während die Sonne in seinen Haaren spielt, haben mein Mitgefühl geweckt. Auch der Krieg ist Ordnung und Chaos. Doch die Aktualität des Krieges an sich ist nur Chaos. „Alle zwei Wochen", sage ich. „Und wir können uns mit dem Ort abwechseln. Wir haben einen großen Speisesaal, der zum Tanzen gut geeignet wäre." Wenigstens werde ich die Mädchen bei einem organisierten Treffen im Auge behalten können. Es wird nicht so einfach für sie sein, sich mit den Soldaten davonzuschleichen.

„Ja, das stimmt. Ich habe mich dort unten gut umgesehen, bevor Sie alle gekommen sind." Raley umfaßt mit beiden Händen seinen Teebecher und blickt hinein. „Ich hätte sogar beinahe das Haus in Brand gesetzt. Legte mich in einem der Zimmer hin und ließ ein paar Kerzen brennen. Ich wachte auf, und der hölzerne Bogen über meinem Kopf brannte. Eine lange, flackernde, leuchtende Flamme. Ich hätte sie mit den Decken fast nicht gelöscht bekommen."

„Ich kenne das Zimmer. Es ist meines."

„Wirklich?" Raley blickt mich überrascht an. „Nun, stellen Sie sich das vor."

Letzte Nacht konnte ich sehr lange nicht einschlafen. Ich lag in der Dunkelheit, dachte mir Briefe an Mrs. Woolf aus und hatte die ganze Zeit den verkohlten Brandgeruch des Zimmers in der Nase. An einem bestimmten Punkt war es alles, woran ich denken konnte. Ich lag da und stellte mir vor, ich wäre der Rauch, der unsichtbar jede Fläche des Zimmers berührt hatte. Sogar Worte und Gedanken mußten damit überzogen sein.

Raley steht auf, um uns noch mehr Tee zu holen. „Möchten Sie etwas Seltsames hören?" sagt er. Er gießt den Tee ein, wendet mir den Rücken zu. Die Muskeln an seinem Unterarm sind dick und sehnig wie Baumwurzeln.
„Was?" sage ich.
Er reicht mir den gefüllten Teebecher und setzt sich nicht an den Tisch, sondern stellt sich statt dessen neben mich. Ich kann sein Gesicht nicht sehen, außer wenn ich zu ihm aufblicke. Seine Stimme klingt sehr fern, als wäre er ganz woanders als ich. „Als ich in diesem Zimmer lag und schlief und die Kerzen das Holz über meinem Kopf in Brand setzten, hatte ich einen ganz klaren und lebhaften Traum."
„Wovon?"
„Rosen." Raley geht von mir weg zum Fenster. Jetzt kann ich ihn überhaupt nicht mehr sehen. „Ich träumte von einem dichten Gestrüpp aus Rosen, und als ich erwachte, war das erste, was ich sah, Rosen. Der hölzerne Bogen über meinem Kopf war eine rosenumrankte Laube. Massenhaft Rosen. Alle brannten."

10

Seit Jane beim Abendessen die Land Girls mit Kartoffeln verglichen hat, denke ich tatsächlich entsprechend über die Mädchen. Ich mache mir nicht die Mühe, ihre richtigen Namen zu lernen, sondern nenne jede nach einer Kartoffelsorte. Doris nenne ich wenig nett „The Lumper". Dem Mädchen mit den rötlichen Haaren verpasse ich den Spitznamen „Golden Wonder". Die beiden, die den geringsten Respekt zu zeigen scheinen und das Potential zu Ungehorsam haben, taufe ich „British Queen" und „May Queen". Das schwarzhaarige Mädchen ist „Vittelette Noir", kurz

„Vittelette". Die, die am unglücklichsten zu sein scheint und ständig niedergeschlagen aussieht, erhält den Namen „Salad Blue". Ich habe sie nach der wahrscheinlich interessantesten all dieser Kartoffelsorten benannt, jener, die ihr vollkommen blaues Fruchtfleisch auch nach dem Kochen beibehält.

Jane ist Jane geblieben. Sie scheint sich ausreichend von den Kartoffeln zu unterscheiden, sowohl physisch als auch psychisch.

Ich bin von meinem Treffen mit Raley zurückgehastet und finde die Kartoffeln im ummauerten Garten, wo sie auf mich warten. Niemand wirkt übermäßig erfreut, mich zu sehen. „Gut!" sage ich mit so viel Begeisterung, wie ich aufbringen kann. „Ich freue mich, euch alle mit Eifer bei der Sache zu sehen." Niemand sieht eifrig aus. „Kartoffeln", sage ich und fange beinahe an zu lachen. „Dazu sind wir da." Ich schaue auf den überwucherten, unordentlichen Gemüsegarten. Hier werden wir anfangen müssen. Ich muß das ganze Anwesen inspizieren und weitere Plätze ausfindig machen, die für den Kartoffelanbau in Frage kommen, doch für den Anfang ist es am besten, irgendwo zu beginnen, wo bereits früher Gemüse angebaut wurde, nämlich hier in diesem Küchengarten. „Das Unkraut muß gejätet, und es muß gehackt werden, dann die Unordnung weggeräumt und alles für die Aussaat bereitgemacht werden", sage ich.

„Du mußt sie einteilen", sage ich zu The Lumper, die neben mir steht. „Ich bin bald zurück und sehe mir an, welche Fortschritte ihr macht." Ich stapfe in meinen übergroßen Gummistiefeln davon. Unter dem Gartentor höre ich Doris mit bebender Stimme sagen: „Hat jemand von euch Lust, Unkraut zu jäten?"

Ich finde Jane in der Scheune direkt neben dem Innenhof. Sie mistet bei den Kühen aus. „Ich möchte ein paar Hühner kaufen", sage ich. „Wo ist das Geld?"

„Mein Gott, Gwen." Jane zuckt bei meiner Frage sichtlich erschreckt zusammen. „Schleichen Sie sich nicht so an. Ich hätte mir beinahe in den Fuß gestochen." Sie lehnt sich auf ihre Mistgabel. „Was sagten Sie?"
„Hühner. Ich möchte welche. Im Garten gibt es einen Auslauf. So kommen wir zu unseren eigenen Eiern – zum Teufel mit der Rationierung –, und sie können die Gartenabfälle fressen. Eine rundum wirtschaftliche Lösung." Ich bin von meinem plötzlichen Entschluß sehr angetan.
Jane zündet sich eine Zigarette an. „Man hat mich vor Hühnern gewarnt", sagt sie.
„Wer?"
„Die Besitzer des Anwesens. Als sie die Anweisungen für die Tierpflege hinterließen. Legen Sie sich jetzt keine Hühner zu, sagten sie."
„Und warum nicht?"
„Es gibt einen Geist, der sie holt."
„Einen Geist? Was wollte ein Geist mit Hühnern anfangen?"
Jane grinst mich an. „Sie werden so wütend", sagt sie. „Ich erzähle Ihnen nur, was man mir gesagt hat."
„Aber du kannst es nicht glauben? Geister?" Mir fällt das Mädchen ein – in der Zwischenzeit habe ich entschieden, es war Golden Wonder –, das in der nächtlichen Dunkelheit auf mich zugerannt kam, davon überzeugt, einen Geist gesehen zu haben.
„Nein, ich glaube nicht an Geister, auch wenn ich einen angemessenen Kandidaten gekannt habe." Jane legt der Kuh, die am nächsten steht, eine Hand auf die Flanke.
„Sind Geister nicht eigentlich Seelen? Wie kann eine Seele hungrig sein? Warum sollte sie sich Hühner aussuchen?" Es gelingt mir nicht, mich von dem Gedanken dieses hühnerstehlenden Poltergeistes zu lösen, aber ich kann sehen, daß Jane mir nicht mehr länger zuhört. „Wo ist das Geld?"

frage ich noch einmal. „Und darfst du hier drinnen rauchen?“
„Ich weiß, daß es Women’s Land Army heißt“, sagt Jane. „Aber wissen Sie, es ist eigentlich keine Armee. Wir alle haben uns freiwillig gemeldet oder wurden freiwillig gemeldet, um dabeizusein.“
„Was willst du damit sagen?“
„Sie führen sich auf wie ein Hauptfeldwebel.“
Womit ich gegenüber den Kartoffeln offensichtlich durchkomme, zieht bei Jane nicht. Sie hat kein bißchen Angst vor mir. Das stimmt mich fröhlich. „Ich bin nur ein bißchen aufgebracht wegen der Hühner“, sage ich.
„Ja, das sehe ich. Kommen Sie.“ Jane tritt mit dem Absatz ihre Zigarette aus und führt mich an den Kühen vorbei nach hinten in die Scheune. Wir stehen vor den zwei Pferdeboxen. „Ein älteres Arbeitspferd“, sagt Jane und deutet auf ein riesiges Tier zu ihrer Linken. „Aber dieser Kerl“, sie faßt über die rechte Boxentür, und der Rappe schmiegt sich in ihre Hand, „dieser Kerl kann laufen. Er ist dafür geschaffen.“
Obwohl es durch die Boxentür teilweise verborgen ist, kann ich erkennen, daß es sich bei diesem Pferd um ein prachtvolles Geschöpf handelt. „Wie heißt er?“
„Ich weiß es nicht.“ Jane entriegelt die Tür und schlüpft in die Box. Das Pferd vergräbt seine Nase in ihrem Haar, und sie faßt mit der Hand nach oben und streichelt seinen Kopf. Sie wirken sehr vertraut miteinander. „Wahrscheinlich haben sie Namen.“ Jane ist jetzt hinten in der Box auf Händen und Knien. „Aber ich kenne sie nicht, und ich möchte sie nicht dadurch verwirren, daß ich ihnen vorübergehend neue gebe.“ Sie kommt zurück, streift das Stroh von ihren Kleidern und bringt mir eine Metallkassette. „Das ist das Geld für die Versorgung der Tiere. Ich nehme an, Hühner würden daraus bezahlt. Die Pfründe von der Land

Army habe ich in einer Kassette in der Wäschekammer versteckt. Unter der Mangel. Ich schätze, das Geld für die Kartoffeln würde von dort kommen." Sie gibt mir die Kassette. „Ich habe den anderen nichts davon erzählt", sagt sie. „So etwas kann Ärger geben."
„Ganz recht", sage ich. Ich bin darauf bedacht, meinen früheren Befehlston wiedergutzumachen. „Wir behalten es für uns, ja?"
„Nur Sie, ich und er." Jane lehnt sich nach hinten gegen den Rappen. Sie sieht so klein aus, wie sie da an seiner Schulter lehnt. „Mir hat gefallen, was Sie gestern abend gesagt haben, Gwen", sagt sie. „Über Liebe und Trost. Und Warten. Ich habe heute morgen darüber nachgedacht." Sie blickt mich über die Boxentür hinweg auf ihre klare Art an, an die ich mich beinahe schon gewöhnt habe.
Mir ist ein wenig peinlich, was ich letzte Nacht zu Jane gesagt habe. Normalerweise vertraue ich mich niemandem so schnell an. Eigentlich mag ich die wenigsten Leute. Aber vielleicht liegt der Grund, warum ich Menschen nicht mag, teilweise darin, daß ich glaube, daß sie mich nicht mögen.
„Kann ich dich etwas fragen?" will ich wissen.
„Natürlich."
„Was meinst du ..." Ich kann die Worte beinahe nicht aussprechen. Ich muß schlucken und neu anfangen. „Mein Aussehen", sage ich. Aber ich kann nicht weitermachen. Ich höre auf. Ich fühle mich zittrig, muß mich zur Stütze an die rauhe Holztür lehnen.
Janes Züge werden weich. Ich kann das Gefühl nicht lesen. Mitleid? Sorge? Zuneigung? „O Gwen", sagt sie. „Es ist nicht halb so schlimm, wie Sie denken." Sie fischt eine neue Zigarette aus ihrem Pullover. „Ich habe den größten Teil des Februars in einem Krankenhaus verbracht und meinem Cousin beim Sterben zugesehen. Im Grunde wurde er in Stücke gerissen, auch wenn es lange dauerte, bis er tatsäch-

lich starb. Er lag nur da und schrie. Écorcher, nannte man es nicht so, wenn jemand bei lebendigem Leib gehäutet wurde? Colins Haut war stellenweise abgeschält wie bei einem Laborexemplar. Ich konnte richtiggehend in ihn hineinsehen. Wissen Sie, was wir sind, Gwen?" Jane zündet ihre Zigarette an. Ihre Hände zucken, als sie das Streichholz an den Tabak hält. „Wir sind eine Ansammlung purpurfarbener Würmer. Adern. Gedärme. Eine Ansammlung zuckender, stinkender Würmer. Das war der Grund, weshalb er so geschrieen hat, weil er es mit eigenen Augen sehen konnte. Er konnte sehen, woraus er gemacht war, konnte sehen, was da in seinem Innern war."

„Jane", sage ich, denn sie weint jetzt, und ich weiß nicht, was ich machen soll. „Jane."

Sie lehnt sich an das Pferd, und das Pferd läßt es zu. Ich suche Halt an der metallenen Geldkassette. Ich denke an das Wort, das die Ärzte für Janes Trauer hatten, *Kummer.* Was genau beinhaltete dieses Wort?

Trauer bewegt uns wie Liebe. Trauer ist Liebe, nehme ich an. Zurückblickende Liebe.

Ein wenig später wischt sich Jane mit dem Ärmel über die Augen und dreht sich zu mir um. „Wirklich, Gwen", sagt sie. Ihre Stimme klingt jetzt hart und verschlossen. „Sie haben keine Ahnung, was Schönheit ist."

11

Als ich in den ummauerten Garten zurückkomme, ist dort niemand außer The Lumper. Die Beete sind immer noch von einem Gewirr aus Unrat bedeckt. Mehrere Hacken liegen kreuz und quer auf dem Weg in der Mitte des Gartens, als hätten sich die dazugehörigen Menschen plötzlich verflüchtigt.

„Was ist passiert?“ frage ich The Lumper, die auf einer Bank in der Sonne sitzt. „Wo sind sie alle?“
„Sie sind weggegangen.“
„Weggegangen?“
The Lumper rutscht ein bißchen ungemütlich auf der Bank hin und her. „Sie hatten keine Lust zum Unkrautjäten, Ma'am.“
„Es ist keine Frage dessen, wozu sie *Lust haben.*“ Ich kann so viel offenkundige Frechheit nicht fassen. „Warum hast du sie nicht aufgehalten?“
The Lumper starrt mich verständnislos an. „Wie?“ fragt sie.
„Aber ich habe dir die Verantwortung übertragen.“
„Nun, ich bin hiergeblieben, um Ihnen zu berichten.“
„Das ist nicht genug, Doris.“
The Lumper sieht mich wieder verständnislos an. „Nein?“ Bei jedem anderen enthielte diese Bemerkung einen Stachel des Sarkasmus, doch bei ihr ist es hilflose Verwirrung.
„Wo sind sie hingegangen?“
„Wahrscheinlich zum Haus, Ma'am.“
„Natürlich.“ Ich drehe mich um und mache mich auf, den Garten zu verlassen. „Du wartest hier. Du gehst nirgendwohin. Verstanden?“
„Ja, Ma'am.“ The Lumper stampft mit dem Fuß auf wie ein trotziges Kind, das nicht zu einer Party eingeladen wurde. „Aber es ist ungerecht, wenn ich ganz allein jäten muß.“
Ich bin kurz vor dem Gartentor. „Mir ist egal, was du tust“, rufe ich über die Schulter zurück. „Rühr dich auf keinen Fall von der Stelle.“ Ich marschiere über den Innenhof, steige, immer zwei Stufen auf einmal nehmend, die Treppe zu meinem Zimmer hinauf und muß auf dem Treppenabsatz stehenbleiben, um Atem zu schöpfen. Dann stapfe ich in mein Zimmer, hebe den zerknüllten Brief von der Women's Land Army vom Boden auf und mache mich auf den Weg zum Herrenhaus, zum zweitenmal an diesem Tag.

Das Ganze ist zu einer schrecklich erwachsenen Version des Internatslebens geworden, denke ich, als ich den Hügel hinaufstapfe. Das gleiche Gefühl, anders zu sein als die anderen. Das gleiche Gefühl, für mein Anderssein bestraft zu werden.

Captain Raley steht im Wohnzimmer am Fenster. Er scheint schon eine ganze Weile dort zu stehen. Nirgends ein Anzeichen, daß sonst noch jemand da wäre.

„Wo sind sie?" frage ich.

„Sie suchen einen Platz für ein Picknick", sagt er, ohne sich umzudrehen.

„Warum haben Sie sie nicht aufgehalten?"

„Es ist ein schöner Tag für ein Picknick", sagt Raley. „Ich hatte keine Lust, sie aufzuhalten." Jetzt dreht er sich vor dem Fenster um, wendet mir das Gesicht zu, und ich sehe, wie müde er aussieht. „Ich kenne diese Männer eigentlich nicht", sagt er. „Wir sind erst seit kurzem zusammen. Sie sind Überbleibsel, überzählig von anderen Regimentern. Wir werden hier zu einem neuen Regiment zusammengestellt, und dann werden wir in den Krieg geschickt. Aber wir sind eine zusammengewürfelte Truppe." Er wirft mir ein kleines Lächeln zu. „Warum kein Picknick?" sagt er.

„Weil es Arbeit zu erledigen gibt. Ihre Männer mögen nichts zu tun haben, aber meine Mädchen sollten eigentlich Kartoffeln pflanzen."

„Sie sind nur verärgert, weil Sie die Kontrolle über sie verloren haben", sagt Raley.

Er hat recht. „Ich hatte nie die Kontrolle über sie", sage ich. „Das ist das Problem." Ich blicke mich im Zimmer um und finde nicht, was ich suche. „Haben Sie hier oben ein Telephon?" frage ich. „Ich kann dort unten bei uns keines finden."

„Auf dem Flur." Raley wedelt mit dem Arm in die Rich-

tung, aus der ich gekommen bin, und ich gehe wieder hinaus und streiche im Gehen den Brief glatt.
Ich rufe beim örtlichen Büro der Women's Land Army an, und als ich schließlich mit der Abgeordneten für den Landkreis verbunden und eben im Begriff bin, meine Beschwerde über die Mädchen vom Stapel zu lassen, brüllt sie praktisch ins Telephon. „Gwen Davis! Was ist los mit Ihnen? Sie hätten schon vor einer Woche hier sein sollen. Ich wollte gerade einen Ersatz für Sie schicken."
„Nun, das ist nicht nötig", sage ich. „Ich habe mich einfach im Ankunftsdatum geirrt, aber jetzt bin ich hier."
„Wir können so etwas nicht dulden", sagt Mrs. Billings. „Wir sind eine Organisation, die stolz ist auf ihre Effizienz."
„Nun", sage ich und mache ein zweites Mal Anstalten, meine Rede über die Mädchen loszuwerden.
„Ich hoffe, Sie werden von nun an ein angemessenes Verhalten an den Tag legen."
„In Ordnung", sage ich.
„Ich werde bei nächster Gelegenheit hinaufkommen, um Sie kennenzulernen", fährt Mrs. Billings fort.
Um mich zu kontrollieren, denke ich. „In Ordnung", sage ich wieder und lege den Hörer auf, um eine Fortsetzung dieser Predigt zu vermeiden.
„Darf ich eine Lösung vorschlagen?" Raley steht hinter mir und erschreckt mich durch seine Nähe.
„Bitte", sage ich. Meine Hand liegt noch immer auf dem Telephon. Ich bin kurz davor, in Tränen auszubrechen.
„Bieten Sie ihnen etwas", sagt Raley. „Den Tanz. Einen Ausflug. Geben Sie ihnen, was sie wollen, und sie werden eher zur Mitarbeit bereit sein."
„Aber woher soll ich wissen, was sie wollen?" Ich denke inzwischen, daß ich Pastinaken den Menschen bei weitem vorziehe. Sie sind unendlich zuverlässiger. Die Dummheit

der Gemüse ist der Unberechenbarkeit der Menschen vorzuziehen.
Raley berührt mich am Arm, und meine Hand hebt sich vom Hörer wie von einem unsichtbaren Draht gezogen. „Sie wollten ein Picknick", sagt er. „Tun Sie so, als hätten Sie es ihnen gegeben."
Doris sitzt immer noch auf demselben Platz auf der Bank, wo ich sie zurückgelassen habe, als ich den Garten verließ. Sie klopft mit einem Stock an ihre Schuhe und summt etwas Unerkennbares. Ich sehe mich im Garten um. Dort herrscht ein solches Chaos. „Komm", sage ich zu Doris. „Ich möchte, daß du mir bei etwas hilfst."
The Lumper hört auf zu summen und sieht mich auf diese ausdruckslose Weise an, die schwer zu lesen ist. „In Ordnung", sagt sie und bequemt sich von der Bank herunter.
Ich stelle The Lumper dazu an, mir beim Einbrechen in den kleinen Schuppen im ummauerten Garten zu helfen. Mit den stählernen Zinken einer Mistgabel brechen wir das verrostete Schloß auf. Ich hatte vermutet, daß das kleine Backsteingebäude nichts anderes war als ein Werkzeugschuppen. Tatsächlich sind überhaupt keine Werkzeuge darin. Was darin ist, ist unermeßlich wertvoller als Werkzeuge.
Die Tür hat sich auf den Rahmen gesenkt, so daß The Lumper ihre recht beeindruckende Kraft einsetzen muß, sie so weit aufzudrücken, daß wir uns hineinquetschen können. Der Fußboden ist mit Mäusedreck bedeckt. An einer Wand, unterhalb des einzigen Fensters, steht ein Schreibtisch, dessen Schubfächer den Nagern, die bis vor kurzem hier lebten, als Nester und Vorratskammern dienten. In einigen Ablagefächern über der Schreibtischplatte liegen immer noch ein paar Blätter Papier. Ein Stuhl ist ordentlich an den Schreibtisch herangerückt, als wäre jemand eben schnell hinausgegangen, um eine Tasse Tee zu holen, und wollte gleich zurückkommen. Nägel sprießen aus den

Wänden. An einem Nagel baumeln die Reste von einem alten Paar Gartenhandschuhe. An einem anderen Nagel hängt ein angeknabbertes Stück Papier, auf dem in verblichener Tinte immer noch ein Wort zu lesen ist – *Sweet.* Erbsen, denke ich. *Sweet William.*

„Weißt du, was das ist?" frage ich The Lumper, die Spinnweben aus ihren Locken schüttelt. „Dies ist das Büro des Obergärtners."

„Wirklich?" sagt sie vollkommen gleichgültig.

Ich ziehe den Stuhl heraus und setzte mich vorsichtig an den Schreibtisch. Die hölzerne Oberfläche ist mit Stockflecken übersät. Was einmal eine Löschunterlage gewesen sein muß, ist jetzt eine in Auflösung begriffene Karte aus Grün und Braun, die ziemlich fest an der eichenen Schreibtischplatte klebt. Das Dach des Gebäudes hat wahrscheinlich ein Leck. „Du kannst gehen, wenn du willst", sage ich zu The Lumper, die laut hinter mir atmet. Ich höre, wie sie geräuschvoll Luft holt, als sie sich beim Hinausgehen durch den schmalen Spalt zwischen Tür und Rahmen zwängt.

Vom Schreibtisch aus kann ich durch das schmutzige, zersprungene Fenster hinten im Garten die Backsteinmauer sehen. Die Baumwipfel dahinter. Wenn ich den Hals recke, kann ich auch das Dach des Hühnerstalls ausmachen.

Ich möchte die Schreibtischplatte nicht berühren und balle die Hände im Schoß. Ich blicke auf die Schreibtischschublade hinunter, die fest verschlossen direkt darüber liegt. Der Messinggriff paßt genau in meine rechte Hand.

Was ich, von Tieren oder Witterung unbeschadet, in dieser Schreibtischschublade finde, ist die Kladde des Obergärtners. Ich nehme das Buch mit hinaus und setze mich vor der warmen Backsteinmauer auf eine sonnige Bank, das Tagebuch des Gärtners offen auf den Knien.

Die Kladde beinhaltet eine wöchentliche Arbeitseinteilung für die Gärten des Anwesens. Jeweils auf einer Doppelseite ist in penibler Handschrift alles vermerkt. Das Buch deckt die Jahre ab zwischen 1914 und 1916. Zu Beginn des Bandes ist auf der ersten Seite eine Liste von fünfundzwanzig Männern angeführt, die für die Gartenarbeit angestellt waren. Fünfundzwanzig Männer. Ich lasse meinen Blick über den Küchengarten wandern. Mit willigen Arbeitskräften könnte ich ihn in wenig mehr als einer Woche in Ordnung bringen. Was für ein unglaublich geschäftiger, produktiver Ort dies einmal gewesen sein muß. Ich lese einige der Arbeiten, die die Männer zu erledigen hatten. *Eiben schneiden. Äpfel an der Mauer befestigen.* Es gab einen Nord- und einen Südgarten. Einen Obstgarten. Um den Innenhof herum eine üppige gemischte Rabatte. Es gab Pläne für einen Wassergarten auf einem tiefer liegenden Rasen, der heute nicht mehr existiert. Ich blättere zum Ende des Buches. Leere Seiten. Ich blättere zurück bis zum letzten Eintrag vom September 1916. Der letzte Eintrag, wie der erste, besteht aus einer Liste mit Namen. Dieselben Namen, nur sind auf der späteren Liste viele durchgestrichen. Ein Name, mit einer sauberen, wie mit dem Lineal gezogenen Linie mitten durchgestrichen, wie der Einschnitt eines Flusses zwischen zwei Ufern. In Kleinbuchstaben daneben das Wort *gefallen.* Nur sechs der ursprünglich fünfundzwanzig Namen sind nicht durchgestrichen. Unten auf der Seite eine flüchtig hingekritzelte Zeile: *Wir werden jetzt nur noch den Küchengarten beibehalten.*

Die Sonne ist warm auf der Seite, warm auf meiner Haut. Ich lege meine Hand auf die Liste der Männer und ziehe ihre Namen mit dem Finger nach. All diese Gärtner, die in den Krieg zogen. Ich erinnere mich, im Gardening College jemanden sagen gehört zu haben, der einzige Grund, warum so ein Aufhebens darum gemacht werde, Frauen zu Gärtnerinnen auszubilden, sei der, daß die Hälfte von Englands männlichen Gärtnern im Ersten

Weltkrieg gefallen sei. Es gab keine wirkliche Erholung von diesem Schlachten. Anwesen wie Mosel waren in der Folge stark eingeschränkt. Wahrscheinlich wurde während des Krieges nur der Küchengarten bestellt; außerdem gab es so etwas wie eine allgemeine Instandhaltung. Eventuell ging das Anwesen danach in andere Hände über, und der neue Besitzer war in erster Linie an den Feldern interessiert, an einer hochrentablen Landwirtschaft, und wollte die Gärtner nicht weiterbeschäftigen. Es ist sehr einfach, die Natur wieder sich selbst zu überlassen. Die sauberen Linien eines Gartens verschwinden als erstes. Dann das Gleichgewicht zwischen den Pflanzen. Was einmal eine Korrespondenz verschiedener Elemente war, wird zu einem Mißklang. Nichts ist mehr von etwas anderem zu unterscheiden.
Ich verbringe den Nachmittag damit, zielbewußt über das Anwesen zu wandern, die Gartenkladde fest unter den Arm geklemmt. Hinter der Scheune finde ich den Nordgarten. Es muß sich einmal um einen Blumengarten gehandelt haben, vielleicht sogar um einen Garten, in dem Produkte für den Markt angebaut wurden. Ich kann Hinweise auf Dahlien finden, jedoch wenig mehr. Der Garten wird offensichtlich schon seit Jahren als Viehweide benutzt und ist im Grunde ruiniert. Das trifft auf den Südgarten nicht zu, der weit hinter dem Speisesaal und dem Küchengarten unter abgebrochenen Ästen begraben liegt. Der Südgarten war als naturnaher Garten geplant. Er war mit Zwiebelpflanzen und mit blühenden Bäumen bewachsen. Ein Wiesengarten. Narzissen hellen die Fläche immer noch auf, aufblitzendes Gelb in einem Meer aus hohem Gras. Hinter dem Südgarten fallen die Felder in grünen Terrassen ab. Dieser Garten war der Ausgang des Anwesens, genauso wie der Nordgarten der Eingang war. Er war ein Übergang zwischen der Ordnung des Anwesens und der Ordnung der

Natur. Wenn man ihn verließ, ging man durch hohes Gras und betrat dann weiter unten gepflügtes Ackerland.

Der Nordgarten ist vermutlich formaler gewesen. Ein erster Blick auf Mosel, wenn man während der Auffahrt zum Haus durch die Bäume blickte. Dort hatte es in Reihen angepflanzte Blumen gegeben, hochwüchsige Blumen, die sich im Wind neigten und zwischen den Bäumen als ein verschwommenes Gewoge von Farben zu erkennen waren, während das Pferd und die Kutsche vorüberklapperten.

Während ich hier stehe, fällt mir auf, daß ich kaum etwas von einem Garten gesehen habe, als ich oben im Haus war, um Raley zu besuchen. Die üblichen Stauden, die den Aufgang zur Eingangstür markierten, doch vor dem Haus gab es nichts Aufwendiges. Es ist richtig, daß ich keine Zeit hatte, an der Rückseite des Hauses zu suchen, doch ich bin überrascht von der Üppigkeit und Vielgestaltigkeit der Gärten hier und der spärlichen Zierbepflanzung in der Nähe des Hauses, wo Opulenz eigentlich eher angebracht schiene. Doch vielleicht sind die Gebäude, in denen wir untergebracht sind, älter als das Haupthaus? Der Innenhof folgt mit Sicherheit einem mittelalterlichen Schema. Vielleicht war dieses Heer von Gärtnern einer viel früheren Zeit verpflichtet als ihrer eigenen, als diese Gärten entworfen und unterhalten wurden. Vielleicht haben sie sie gar nicht entworfen, sondern nur erhalten; oder gerettet, was da war.

Ich stehe in der Mitte des verwilderten Wiesengartens. Die Obstbäume hier werden bald vor Blüten überquellen. Im Wald gibt es wilde Veilchen und zu meinen Füßen ein Meer von Traubenhyazinthen. Es muß gewesen sein, als ließe man das Land hinter sich, wenn man diesen Garten verließ und hier durch diese warme Untiefe watete – wo Blumen wie Schaum über meinen Stiefeln aufspritzten – und auf das tiefe, flache Meer dahinter hinaustrat. Blütenduft in meinen Haaren wie Wind.

Wer auch immer diese Gärten ursprünglich entworfen hat und wer auch immer sie später unterhielt, hat sie neu erfunden und gewußt, was er tat. Und mehr als das, denke ich, als ich auf die gewellten Felder hinter der Wiese hinausblicke, mehr als das, jemand hat diesen Ort geliebt.

Der Obstgarten liegt im Osten, an einem Abhang hinter den Ställen, vom Nordgarten aus hügelabwärts in einer kleinen Lichtung, die auf einer Seite von einer alten Steinmauer geschützt ist. Vielleicht hat diese Mauer einmal das ganze Gelände umgeben. Ein paar Äste sind heruntergefallen, aber im allgemeinen sind die Bäume in gutem Zustand. Ausgewachsene Bäume. Äpfel und Birnen. Einige sind an der Mauer entlang gezogen, ihre Zweige an den Steinen befestigt, so daß sie in geraden Linien wachsen und die Früchte gleichmäßig ansetzen. Ich erinnere mich an den Eintrag in dem Buch, das ich unter dem Arm trage. *Äpfel an der Mauer befestigen.* Spalier, so wird diese Methode des Obstanbaus genannt. Manche finden sie künstlerisch sehr ansprechend, aber ich habe die ausgebreiteten Äste des gekreuzigten Baumes immer als unangenehm empfunden. Jede Bewegung ist kontrolliert und ausgerichtet. Der Baum ist nicht mehr länger er selbst, sondern lediglich Objekt menschlichen Wünschens.

Das Spalier an dieser Mauer ist seit Jahren nicht mehr beschnitten worden. Während bei den einzelnen Bäumen die Äste, die dicht am Stamm wachsen, noch eng an der Mauer befestigt sind, dürfen sie wenig später frei nach oben wachsen, von der Mauer weg. Es sieht aus, als wären die Körper der Bäume an die Mauer genagelt und die Glieder reckten sich der Freiheit entgegen.

Ich trete hinter die Mauer, um die Apfelbäume nicht mehr sehen zu müssen. Hinter dieser Mauer verläuft ein Weg. Der Mauer direkt gegenüber, sie spiegelnd, stehen in einer Reihe riesige Eiben, die sich über die vielen Jahre, in denen sie nicht beschnitten wurden, eng aneinandergedrängt haben, so daß sie eine dichte Hecke bilden, eine Art schlummernden grünen Wal.

Unter der Hecke blitzt etwas Weißes auf, und ich bücke mich, um die Blume zu untersuchen. Irgendeine Anemone. Ich beuge mich tiefer über die kleine weiße Blüte mit der gelben Mitte. Seltsam, daß ich sie nicht erkenne. Gewöhnlich bin ich ganz gut mit Blumen.

Die Blume steht nicht allein. Sie wächst nicht unter der Eibe, sondern hat sich von einer kleinen Lichtung aus bis dorthin ausgebreitet. Wenn ich auf Händen und Knien unter der Hecke hindurchspähe, kann ich einen ganzen Fluß von Anemonen erkennen. Ich benutze die Gartenkladde als Schild und schlüpfe durch die Hecke. Eibenzweige streifen über meine Kopfhaut. Ich atme den würzigen Geruch ein, und als ich daran vorbei bin, stehe ich oberhalb des weißen Anemonengeriesels und blicke auf den ungebärdigsten Garten hinunter, den ich je gesehen habe.

Die Anemonen führen zu einem riesigen, überwucherten Blumenbeet. Auf der einen Seite befindet sich am Rand eine Art Kletterhilfe, die vollkommen unter Grün erstickt wird. Das Beet selbst ist von hunderten von Brennesseln überwuchert. Blumen blühen inmitten von totem Holz und Unkraut und weiteren Blumen, die noch nicht aufgeblüht oder schon lange abgestorben sind. Ich folge dem Geriesel der Anemonen bis an den Rand des Beetes. Dort gibt es nicht viel Licht. Eine Seite des Gartens wird von den massiven Eiben flankiert. Die anderen drei Seiten sind von Wald umgeben. Die Äste einiger Bäume haben sich über diesem Flecken ineinander verflochten und halten wirkungsvoll die Sonne ab.

Ich gehe am Rand des Gartens in die Hocke. Ich spüre etwas, was ich anfangs für Angst halte. Aber nein, das ist es nicht. Was ich spüre, ist ein Gefühl des Unwirklichseins.

Ich bin ein Geist. Ich bin in der Zeit zurückgewandert, oder vorwärts, und störe diesen schlafenden Ort mit meiner Gegenwart. Was ich deutlich spüre, was ich mit Bestimmtheit weiß, ist, daß ich seit langer, langer Zeit der erste Mensch bin, der hierhergekommen ist.
Ich kratze neben den Anemonen in dem Beet herum und verbrenne mich prompt an der Wolke aus Brennesseln, die sich auf dem ganzen Garten niedergelassen hat. Ich wühle in der Erde und zerreibe sie zwischen meinen Fingern und versuche, ihre Beschaffenheit abzuschätzen. Meine Finger stoßen in der Erde gegen etwas Festes. Einen flachen Stein. Einen behauenen, rechteckigen Stein. Ich streiche mit den Fingern darüber und spüre, wie sich die Einkerbungen öffnen wie Fenster. In den Stein ist etwas eingeritzt.
Es ist ein Wort. Kein Name, wie ich angenommen hatte, als ich mit meinem Jackenärmel vorsichtig die Erde abwischte. Ein Wort, das von sicherer Hand sorgfältig in den Stein gemeißelt wurde. Ein Wort, das begraben und wiedergefunden wurde, wie das bei diesem Wort immer der Fall sein muß, denn so wirkt es in uns, so ist es zu lesen.
Sehnsucht.

12

Bei der Anemone handelt es sich um eine *Anemone narcissiflora*. Ich fahnde nach ihr in den Nachschlagewerken, die ich aus London hierhergeschleppt habe. Ich habe vor dem Abendessen kaum Zeit und blättere mit schmutzigen Händen in den Seiten. Ich habe aus dem Garten ein Exemplar mitgebracht, das ein bißchen lädiert ist, weil ich es in die Hosentasche gesteckt hatte.

Die *Anemone narcissiflora* ist eine alpine Pflanze, die in den Pyrenäen, den Alpen, Teilen Spaniens und der Türkei auf Wiesen wächst, sogar in den Bergen Sibiriens bis in die nördlichen Gegenden Japans. Eine seltsame Pflanze für einen englischen Garten.

Auf dem Flur vor meinem Schlafzimmer sind Geräusche zu hören. Die Mädchen sind zurück und auf dem Weg zum Abendessen. Ich schlage mein Buch zu und springe auf, um mir die schmutzigen Hände zu waschen. Heute habe ich wegen des ganzen Aufruhrs und meiner Erkundungen das Mittagessen verpaßt und bin am Verhungern.

In Mosel scheint sich eine feste Sitzordnung etabliert zu haben, die von der Gruppe eisern eingehalten wird. Ich setze mich auf meinen gewohnten und nun offensichtlich ständigen Platz neben Jane. Wieder bin ich die letzte, die sich an den Tisch setzt. Die anderen starren mich wütend an.

„Sind Sie draußen auf Bäumen herumgeklettert, Gwen?" flüstert Jane mir zu. Sie zupft mir kleine Eibenzweige aus den Haaren und legt sie als eine Art Tischdekoration sorgfältig neben meinen Teller.

Die Türen gehen auf, und Mabel und Irene kommen herein mit Schalen, die mit einem klumpigen Brei gefüllt sind, der dem Schweinefraß vom gestrigen Abendessen ziemlich ähnlich sieht. „Kanincheneintopf", erklärt Irene hilfsbereit, als sie meine Schale vor mich hinstellt.

Ich denke an das Kaninchen, das Ende Januar nach einer besonders schweren Bombenserie in London entdeckt wurde. Es rannte immerzu rund um den Piccadilly Circus. Dieses Tier aus der Wildnis plötzlich inmitten des zerstörten Londons zu sehen, war einen Tag lang ein Wunder, bis man herausfand, daß es sich um ein entlaufenes Regimentsmaskottchen handelte.

Sobald die Frauen aus dem Dorf den Raum verlassen haben, stößt Jane ihre Schale zurück.

„Keinen Hunger?“ frage ich.
„Ich leiste nur meinen Beitrag zur Essensrationierung. Wir haben Krieg, wissen Sie“, sagt Jane.
Ich kann ihr keinen Vorwurf machen. Der Eintopf ist vollkommen geschmacklos, aber ich schlinge meinen hinunter, weil ich so hungrig bin. Ein paar der anderen Mädchen essen nur wenige Löffel, bevor auch sie ihre Schalen zurückschieben. Niemand sagt etwas. Ich blicke die Mädchen an, die um den Tisch herumsitzen, die Teller mit verflüssigtem Kaninchen, die riesige Flagge aus Schwärze, die vor dem Fenster ausgerollt ist. Es fühlt sich so an, als wäre die Nacht selbst ins Zimmer gedrungen.
Niemand scheint sein heutiges Fehlen bei der Arbeit erklären zu wollen. „Ich brauche euch, damit ihr das tut, wofür ihr hier seid“, sage ich, aber das entlockt den Mädchen keine Reaktion. Ich denke daran, was Raley oben im Haus zu mir gesagt hat. „War es ein nettes Picknick?“ frage ich.
Golden Wonders Kopf fährt in die Höhe, und sie blickt mich argwöhnisch an. Noch immer sagt niemand etwas.
„Captain Raley und ich werden für euch und für die Soldaten Tanzveranstaltungen organisieren“, sage ich, „aber ich brauche eure Hilfe bei der Gartenarbeit. Deshalb seid ihr hier.“
Jane sieht die versammelten Mädchen an. „Das ist ein fairer Handel“, sagt sie ruhig, und die anderen murmeln zustimmend. Ich kann kaum glauben, wie leicht sie sie unter Kontrolle gebracht hat. Ich weiß, daß ich dankbar sein sollte, aber ich bin sofort eifersüchtig auf Janes mühelose Autorität.
„Ich werde Hühner kaufen“, platze ich heraus. „Wir können unsere eigenen Eier haben.“
Schweigen. Schließlich spricht eine von ihnen. Vittelette Noir beugt sich, auf die Arme gestützt, über den Tisch und

schaut in meine Richtung. Zuerst denke ich, sie redet mit mir, bis ich feststelle, daß sie mit Jane spricht. „Weißt du", sagt sie, „ich kann das besser."
„Was kannst du?" sagt Jane.
„Mein Vater besitzt in London ein Hotel. Ich habe bei ihm in der Küche gearbeitet." Vittelette Noir blickt die aufgereihten Land Girls entschlossen an. „Ich kann kochen", sagt sie. Von den anderen kommt aufgeregtes Gemurmel. Daß ich Hühner erwähnt habe, hat überhaupt keine Reaktion hervorgerufen.
„Nun", sage ich. „Das wird hier nichts nützen."
„Warum nicht?" Jane wendet sich mir zu, und ihr stetiger Blick übt seine gewohnte Wirkung aus, mich zu entwaffnen. Ich glaube, mir ist es lieber, wenn die Menschen den Blick von mir abwenden, mich nicht beachten. „Gwen", sagt Jane, „warum können wir nicht selbst kochen? Oder vielmehr Elspeth könnte für uns kochen? Das schlägst du doch vor, oder?" sagt sie zu Vittelette Noir.
„Ja." Vittelette Noir richtet ihre Worte nun an mich. „Wenn wir einmal alle angefangen haben, im Garten zu arbeiten", sagt sie zu mir, „könnte man mich für die Küchenarbeit freistellen."
„Aber ich habe noch weiteres Gelände für Kartoffeln gefunden", sage ich protestierend.
„Wir könnten uns von den Frauen aus dem Dorf unsere Essensmarken zurückgeben lassen, und du könntest die nötigen Einkäufe machen", sagt British Queen zu Vittelette Noir.
„Gwen", sagt Jane leise. „Wo ist da der Unterschied zu Ihren Hühnern? Es ist nur ein weiteres Beispiel dafür, daß wir uns selbst um unser Wohlergehen kümmern."
Gut, denke ich. Sprich du nur von Hühnern. Niemand hat sich dafür interessiert, als ich sie erwähnte. „Tut, was ihr nicht lassen könnt", sage ich zu Jane. Ich sehe sie nicht an, halte den Kopf über meine leere Schale gesenkt. Ich ver-

renne mich, wenn ich versuche, mit den Mädchen zurechtzukommen. Wenn ich sie herumkommandiere, sie zu organisieren versuche, bin ich zu herrisch. Wenn ich versuche, nett zu ihnen zu sein, ignorieren sie mich oder betrachten mich mit äußerstem Mißtrauen. Vielleicht werde ich nie aufholen, daß sie hier einige Tage ohne mich genossen und eine gemeinsame Front gegen mich errichtet haben. Ich stehe auf und stoße mit dem Knie heftig gegen den Tisch. Das Geschirr wackelt.
„Wohin gehen Sie?“ fragt Jane.
„Ich weiß es nicht.“ Ich fühle mich den Tränen nahe. „Ich habe mich so gefreut wegen der Hühner“, sage ich viel zu laut, so daß einige der Mädchen in meine Richtung schauen. British Queen schüttelt traurig den Kopf und sieht May Queen an.
„Gwen, setzen Sie sich. Bitte.“ Jane zupft mich am Ärmel. „Denken Sie daran, wie Sie sich freuen werden, wenn Elspeth Ihnen von den Eiern Ihrer Hühner ein schönes Omelett zubereitet. Bitte.“ Sie zupft wieder an meinem Ärmel, und ich falle auf meinen Stuhl zurück wie ein gemaßregeltes Kind.
Mir ist immer noch nach Weinen zumute. Nichts läuft richtig. Nie mag mich jemand. Ich bin nicht gut mit Leuten. Ich war die meiste Zeit meines Lebens zu sehr von anderen Menschen isoliert. Ich weiß nicht, wie man mit anderen auskommt. Wie konnte ich jemals glauben, mich freiwillig für diesen Job zu melden wäre eine gute Idee?
„Schauen Sie“, sagt Jane. „Sie haben immer noch Zweige in den Haaren.“ Sie greift in mein Haar und entfernt vorsichtig einige Eibenstückchen. Dadurch fühle ich mich noch mehr wie ein Kind. Nein, schlimmer, wie ein albernes, hilfloses Haustier. Aber ich lasse sie gewähren. Ich habe abwechselnd das Gefühl, ihr haushoch überlegen und ihre Aufmerksamkeit gar nicht wert zu sein.

Nach dem Abendessen gehen die Mädchen in ein Zimmer im ersten Stock des Westflügels. Golden Wonder hat dort ein Radiogerät entdeckt, und sie gehen dorthin, um sich die allabendliche Kriegsberichterstattung anzuhören. Ich habe eine schwache Erinnerung an die Zeit, als die Abendsendung noch aus Nachrichten aus aller Welt bestand. Jetzt besteht sie einzig und allein aus Nachrichten über den Krieg. Welche Orte von deutschen Bomben getroffen wurden. Was in Trümmern liegt oder zu Asche verbrennt.

Ich gehe in die Küche, um das Geschirr vom Abendessen abzuwaschen. Es ist ein Vorwand, um mich nicht der Gruppe anschließen zu müssen. Ein wenig ist es auch der Wunsch nach Zuneigung. Ich weiß nicht, wie ich sie dazu bringen soll, mich zu mögen. Das ist das einzige, was mir im Augenblick einfällt. Falls sie von den Tanzveranstaltungen und den Hühnern nicht beeindruckt sind, steht mir nicht mehr viel zur Verfügung.

Jane ist gegangen, um Mabel und Irene mitzuteilen, daß wir sie nicht länger brauchen werden, um für uns zu kochen. Sie kommt zurück, und während ich mit dem Abwasch beschäftig bin, schwingt sie sich auf die Arbeitsfläche neben der Spüle und zündet sich eine Zigarette an. „Geschafft", sagt sie fröhlich. Sie blättert einen Fächer aus Lebensmittelmarken auf und wedelt mir damit vor dem Gesicht herum. „Unser Schicksal liegt in unseren Händen."

„Es ist nicht nur das Kochen", sage ich, nicht bereit, völlig kampflos von meinen Vorbehalten abzurücken. „Sie wird auch den Heizkessel und den Boiler unterhalten müssen. Da ist das heiße Wasser und …"

„Der Keller ist voller Kohle", fällt Jane mir ins Wort. „Sie hat das schon früher gemacht. Das ist das Wichtige. Es ist etwas, was sie kann. Was sie tun möchte." Jane schnippt die Zigarettenasche in mein mit Seifenlauge gefülltes Spülbecken. „Omelett“, sagte sie. „Soufflé. Viktoriakuchen mit Sahne und Marmelade.“

Ich muß lächeln. „Warum kümmerst du dich um mich?“ sage ich. „Ich bin nicht wie die anderen.“

„Genau. Sie sind unendlich interessanter als die anderen. Sie sind kompliziert. Die sind jung und ungeformt, wollen nur gefallen oder sich amüsieren. Aber Sie“, Jane fuchtelt mir zur Betonung mit ihrer Zigarette vor dem Gesicht herum. „Sie sind nicht so leicht zu fassen.“

Ich halte mit dem Abwasch inne, die Hände bis zu den Handgelenken im Spülwasser versenkt. Ich bin leicht zu fassen, denke ich. *Sehnsucht.* Das Wort, das ich heute gefunden habe, fällt mir mit solcher Wucht wieder ein, daß ich mich an das Spülbecken lehnen muß. Beinahe erzähle ich Jane von dem Garten. Ich mache schon den Mund auf, um davon anzufangen, doch dann klappe ich ihn wieder zu. Was würde ich ihr erzählen? Was würde ich sagen? Ich weiß selbst nicht genau, was ich davon halten soll. Dann wird mir klar, was ich an diesem Nachmittag empfunden habe, als ich den Garten fand. Daß ich der erste Mensch war, der ihn außer dem- oder denjenigen sah, der oder die ihn geschaffen hat oder haben. Und daß es mir bestimmt war, und nur mir allein, ihn zu finden. Ich möchte ihn mit niemandem teilen, nicht einmal mit Jane.

„Was?“ sagt Jane. Sie hat mich beobachtet und weiß, daß ich im Begriff war, etwas zu sagen.

„Standest du deinem Cousin nahe?“ Ich hebe eine schwere Platte aus dem warmen Wasser und stelle sie auf das Abtropfgestell. Es ist das einzige, was mir einfällt. Wenn alles andere versagt, stelle eine Frage.

„Als Colin und ich klein waren“, sagt Jane, „standen wir uns sehr nahe. Wir waren ständig zusammen, unzertrennlich. Der ganze Mist, den man immer über enge Familienbande liest, das waren wir.“ Sie schwingt sich von der Arbeitsfläche herunter, nimmt ein Handtuch vom Herdgriff und fängt an, das Geschirr abzutrocknen, das auf dem Abtropfgestell steht.

„Was ist passiert?" frage ich.

„Wir wuchsen heran." Jane öffnet den Schrank über ihrem Kopf und stellt klappernd die abgetrockneten Schalen hinein. „Ich stand Colin nahe. Dann nicht mehr. Dann, als er sterbend im Krankenhaus lag, stand ich ihm wieder nahe. Das Merkwürdige ist, daß ich ihn in seinem Schmerz erkannte, den kleinen Jungen von damals erkannte, als wir jung waren und so etwas wie ineinander verliebt. Sein Schreien war der Grund dafür. Sein Schreien brachte ihn mir zurück." Jane lehnt sich an die Theke. „Und dann verließ er mich für immer", sagt sie. „In dem Moment, als er zurückkam, verließ er mich."

Ich habe Angst, daß sie wieder zu weinen beginnt, aber sie tut es nicht, lehnt einfach an der Arbeitsfläche, das feuchte Geschirrhandtuch über die Schulter geworfen. „So kenne ich es", sagt sie wieder. „Weil ich Colin nahestand, als wir jung waren, weil ich das als Beispiel hatte, wußte ich, wie man liebt. Ich wußte, was Intimität war, und wünschte sie mir. Durch Colin wußte ich von der Liebe."

„Und dann kam Andrew", sage ich.

„Ja. Andrew." Jane nimmt ein Glas vom Gestell und wischt es trocken. „Andrew ist vermißt. Aber vermißt ist nicht tot."

Ich denke an Mrs. Woolf und die hastige Art und Weise, in der man ihren Tod vorwegnahm. „Ich weiß", sage ich. „Vermißt ist nicht einmal verloren. Es heißt nur, daß jemand nicht dort ist, wo er sein sollte."

„Genau."

„Und wo sollte Andrew sein?"

„Auf Malta. Er war dorthin unterwegs." Jane legt das nasse Geschirrtuch zur Seite und nimmt sich eine Zigarette. „Er ist Pilot bei der Royal Air Force", erklärt sie. „Er war auf einer Mission zu einem Flughafen auf Malta, und sein Flugzeug verschwand irgendwo über dem Mittelmeer. Aber die Sache ist die –" Jane zündet ihre Zigarette an. Ich sehe sie nicht an, nehme aber aus dem Augenwinkel das bebende Streichholz wahr. Ihre Hände zittern wieder. Ich höre sie tief inhalieren. „Aber die Sache ist die, Gwen. Es wurde kein Wrack gefunden. In dieser Wellington befanden sich sechs Männer. Kein Wrack. Keine Leichen. Und er ist schon früher abgestürzt und hat überlebt. Und das Mittelmeer ist warm. Und er ist ein guter Schwimmer."

Ich lasse das Wasser ablaufen. Es verschwindet mit einem lauten, gurgelnden Geräusch im Abfluß. „Das sind gute Fakten", sage ich. „Halt dich an ihnen fest."

Das restliche Wasser läuft aus dem Becken, und ich sehe den kleinen Teller, der gestrandet auf dem Porzellangrund liegt. Er war leicht zu übersehen. Ich hebe ihn behutsam auf und stelle ihn sanft auf das Abtropfgestell.

13

Ich schiebe mein Bett direkt unter den hölzernen Bogen in meinem Zimmer. Ich liege da, und das Gewicht von *The Genus Rosa* drückt mich auf die Matratze, und ich stelle mir über meinem Kopf Raleys feurige Laube vor. Sehnsucht, denke ich. *Sehnsucht.* Manchmal denke ich, ich könnte daran sterben.

Jane hatte jemanden, nach dem sie sich sehnen konnte, jemanden, den sie lieben konnte. Wahrscheinlich kann sie sich immer noch an sein Gewicht auf ihrem Körper erinnern. Aber vielleicht stimmt das auch nicht; vielleicht bleibt einem die körperliche Präsenz eines Menschen nicht in Erinnerung, sie hängt nicht wie Rauch im Zimmer, wenn er nicht mehr da ist. Vielleicht ist die Sehnsucht selbst der Geist, und jeder Beweis des tatsächlichen Geliebten verschwindet augenblicklich.

The Genus Rosa fühlt sich unerträglich schwer an heute nacht. Ich liege auf dem Rücken und denke an Raleys feurige Rosen über meinem Kopf. Ich muß ihn fragen, was für eine Farbe sie hatten. Ich mag es, wenn ich die Dinge beim Namen nennen kann. Vielleicht kann ich herausfinden, von welcher Sorte die Rosen waren, die ihm im Traum erschienen sind.

Ich denke an die Anemone, die ich heute in dem verwilderten Garten gefunden habe. Eine *Anemone narcissiflora*. Warum ist das Sehnsucht? Hat es mit dem Mythos von Narziß zu tun – dem Jüngling, der sich in sein eigenes Spiegelbild verliebte? Und dann denke ich an den gewöhnlichen Namen der Anemonen. Buschwindröschen. Anemonen öffnen sich mit dem Wind. Ja, denke ich, das ist es. Sehnsucht öffnet sich mit dem Wind.

Ich habe die Verdunklungsvorhänge in meinem Zimmer noch nicht zugezogen, aber ich habe keine Lampe angezündet, von draußen ist kein Licht zu sehen. Und außerdem scheint es hier im tiefsten Devon nicht wie in London Luftschutzwarte zu geben, die herumgehen und nach dem leisesten Lichtschein Ausschau halten, der durch die Vorhangspalten schimmert. Es besteht kaum die Gefahr einer Fünf-Pfund-Strafe, wenn ein Lichtstreifen zu sehen ist. Es ist so schön, die Vorhänge nicht zuziehen zu müssen. Ich sehe die bleiche Bahn des Mondlichts am Himmel. Wenn ich den Kopf in den Nacken lege, sehe ich ein feines Sterngeriesel über dem Innenhof.

Anemonen werden vom Wind geöffnet. Sie sind aus Samen schwer zu ziehen und nicht leicht zu teilen.

Manchmal entspricht *The Genus Rosa* genau dem Gewicht meiner Einsamkeit. Ich schiebe die Bücher von mir herun-

ter, rutsche vom Bett und gehe zum Fenster hinüber. Ich stoße es auf und halte den Kopf in die kühle Nachtluft hinaus.
Es ist nach Mitternacht. Da ist der Geruch nach Feuchtigkeit, der von den Steinen des Gebäudes aufsteigt. Irgendwo in der Ferne ruft leise eine Nachtigall. Ich blicke auf das strenge Rechteck des Innenhofs hinunter. Da ist eine dunkle Gestalt, die sich aus dem Schatten dieses Gebäudes löst und über den Rasen auf die Ställe zurennt. Aus diesem Winkel und dieser Höhe kann ich nicht erkennen, wer es ist. Der Mond verschwindet hinter einer Wolke, und ich verliere die Gestalt im Schatten der gegenüberliegenden Gebäude vorübergehend aus den Augen. Als der Mond wieder auftaucht, ist sie verschwunden.

14

In der folgenden Woche gewöhnen wir uns in Mosel schließlich an einen bestimmten Tagesablauf. Die Hühner werden gekauft und in dem Stall im ummauerten Garten untergebracht. Sie werden mit Küchenabfällen gefüttert und fangen beinahe sofort an zu legen. Auch wenn niemand von den Hühnern begeistert war, als ich sie zum erstenmal erwähnte, muntern die tatsächlich vorhandenen Eier nun alle gründlich auf.
Vittelette Noir hat die abendliche Kost enorm verbessert. Sie kocht Gerichte, deren Namen ich nicht aussprechen kann. Gelegentlich bäckt sie frisches Brot. Manchmal schafft sie es sogar, auf das Hauptgericht einen Nachtisch folgen zu lassen. Sie macht einen sehr guten Flan. Ihren neuen Küchenpflichten zu Ehren habe ich ihren Namen insgeheim in Victualette Noir geändert.

Nach unserem mißlungenen Start haben unsere Tage nun einen Rhythmus, die Sicherheit einer Alltagsroutine, die, hoffe ich, uns allen einen gewissen Trost verschafft. Jane steht morgens als erste auf, lange bevor wir übrigen auch nur wach sind, und geht die Kühe melken. Das Frühstück besteht aus Haferbrei und Tee, beides mit frischer Milch, für die Jane gesorgt hat. Dann, nach dem Frühstück und dem Abwasch, bringt Jane die Kühe und die beiden Pferde auf die Weide, und die übrigen Mädchen arbeiten im ummauerten Küchengarten. Sie haben nun angefangen, dort Kartoffeln zu setzen, nachdem das Unkraut gejätet und der Boden für die Saat vorbereitet ist. Ich habe sie auch Kohl, Erbsen, Saubohnen und Zwiebeln pflanzen lassen, da Zwiebeln in England zur Zeit knapp sind.
Seit der Entscheidung, das Kochen selbst in die Hand zu nehmen, haben die Mädchen ein Gefühl der Selbstgenügsamkeit. Ihre Einstellung hat sich sichtlich verbessert, vielleicht sind sie in ihren diversen Täuschungsmanövern auch nur geschickter geworden. Ich kann es nicht sagen. Doch ich bin dankbar, daß sie sich, von Jane ermuntert, entschieden haben, im Garten zu arbeiten. Ich vergesse immer wieder, daß wir all diese landwirtschaftlichen Produkte eigentlich wegen des Krieges anbauen, und muß mich von dem Gedanken lösen, daß alles nur unserem eigenen Überleben dient. Es scheint, als empfänden die anderen das alle ziemlich ähnlich. *Unsere Lebensmittel*, sagen sie zueinander. *Unsere Kartoffeln. Wenn wir ernten können.*
Noch ungefähr ein Tag, dann wird der Küchengarten komplett bestellt sein, und die Mädchen werden woanders weitermachen und den Süd- und den Nordgarten für Kartoffeln vorbereiten. Nach dem Aufräumen wird die Erde gepflügt werden müssen. Auf dem Anwesen gibt es offensichtlich keinen Traktor. Vielleicht ist er kaputt oder wurde an einen benachbarten Bauernhof ausgeliehen.

Doch in der Scheune gibt es einen alten Pflug, und Jane hat uns versichert, wenn es an der Zeit sei, könne man sich darauf verlassen, daß die Pferde ihn ziehen.
Während die Mädchen im Küchengarten tätig sind, schleiche ich mich davon, um im vergessenen Garten zu arbeiten. In nicht ganz einer Woche habe ich dort große Fortschritte erzielt. Ich habe die Isolierschicht aus Brennesseln beiseite geräumt, die das ganze Beet zudeckte, und habe einen genauen Blick auf das geworfen, was darunter liegt. Der Garten wurde mit großer Sorgfalt bepflanzt. Ich erkenne das sofort an dem Gleichgewicht zwischen den Blumen, die bereits blühen, und denen, die sich erst noch zeigen müssen. Bis ich die Bedeutung des Ganzen entschlüsseln kann, arbeite ich mich von den Anemonen, die ich als erstes entdeckt habe, sehr methodisch über das Beet vor. Ich schneide Pflanzen zurück und versuche, sowohl dem natürlichen Wuchs gerecht zu werden und sie nicht vollständig zu vernichten, als auch ihre Form zu zähmen, so daß keine Pflanze eine andere dominiert.
Ich arbeite den größten Teil des Tages im vergessenen Garten. Ich habe niemandem davon erzählt, tue den anderen gegenüber so, als ginge ich das Anwesen ab, um nach geeigneten Anbauplätzen Ausschau zu halten. Manchmal gebe ich vor, im Obstgarten zu arbeiten, denn der befindet sich auf der anderen Seite der Mauer, und wenn man mich findet, wird man mich dort finden.
Die tägliche Arbeit endet um fünf Uhr. In den zwei Stunden vor dem Abendessen nehmen die Mädchen ein Bad oder sitzen draußen und unterhalten sich oder schreiben Briefe. Nach dem Abendessen ist es zur Gewohnheit geworden, sich in dem Zimmer mit dem Radiogerät zu versammeln und die allabendlichen Nachrichten zu hören. Ich denke, wir tun das teilweise, um uns daran zu erinnern, daß Krieg herrscht und daß das der Grund ist, weshalb wir hier sind.

Es ist Samstag abend. Heute findet zum erstenmal oben im Haus die Tanzveranstaltung mit den kanadischen Soldaten statt. Nach dem Abendessen herrscht in den Fluren große Aufregung, als die Mädchen sich für den Abend zurechtmachen. Ich höre sie in den verschiedenen Zimmer hin und her gehen, während ich in meinem Zimmer am Fenster stehe.

„Gehen Sie nicht?" Jane steht in der Tür zu meinem Schlafzimmer.

„Doch, ich gehe."

„Aber Sie sind immer noch schmutzig von den morastigen Gräben, durch die Sie gekrochen sind, oder von was auch immer Sie den ganzen Tag über tun." Jane kommt in mein Zimmer. „Hier stinkt es immer noch", sagt sie, setzt sich auf mein Bett und zündet sich eine Zigarette an. „Das Geringste, was Sie für diese eifrigen Jungs tun könnten, wäre, eine saubere Strickjacke anzuziehen."

„Aber ich bin nicht gut in solchen Dingen." Ich hatte tatsächlich überlegt, ob ich der Veranstaltung fernbleiben sollte, bis mir einfiel, daß ich dem Herrenhaus ohnehin einen Besuch abstatten mußte und daß die Tanzveranstaltung für meine Zwecke einen guten Vorwand bot.

„Nicht gut worin? Sich anzuziehen? Oder zu leben?" Jane läßt sich rückwärts auf mein Bett fallen und schlägt mit dem Kopf kräftig gegen *The Genus Rosa*. Ich war letzte Nacht mit den Büchern im Bett eingeschlafen und hatte vergessen, sie heute morgen wegzuräumen.

„Mein Gott", sagt Jane und faßt sich mit der Hand an den Kopf. „Was haben Sie denn hier? Erinnerungsstücke aus dem Garten? Ein paar Feldsteine?"

„Tut mir leid", sage ich und schiebe den einen Band von *The Genus Rosa* von ihr weg, bevor sie ihn sich richtig ansehen kann. „Ich muß mich umziehen. Ich treffe dich unten." Ich möchte keine Fragen zu Miss Willmotts gewichtiger botanischer Nemesis beantworten müssen. „Es dauert nur ein paar Minuten. Bitte."

„Ein paar Minuten", wiederholt Jane. Sie steht auf und reibt sich immer noch den Kopf. „Ändern Sie ja nicht Ihre Meinung, Gwen. Lassen Sie mich nicht allein unter der verrückten Rasselbande leiden."

Ich ändere meine Meinung nicht. Ich ziehe wie befohlen einen sauberen Pullover an und treffe mich nach exakt zehn Minuten mit Jane im Innenhof. Die Kartoffeln sind schon unterwegs, die ganze fröhliche Truppe ist bereits auf halbem Weg zum Haus, als wir die Ausfahrt hinter uns lassen. Sogar in der dichten frühen Dunkelheit können wir sie vor uns auf der Straße ausmachen. Sie gleichen einer großen, üppigen Blume, die sich hierhin neigt und dorthin, über die Straße und wieder zurück. Jede von ihnen ein bewegliches Blütenblatt in der Dunkelheit.

Als Jane und ich am Haus ankommen, ist niemand mehr an der Tür, um uns zu begrüßen. Die Soldaten haben wohl angenommen, die erste Gruppe der Mädchen sei die einzige. Es paßt uns beiden, uns selbst ins Haus einzulassen. Wir stehen nebeneinander im Flur. Aus dem Inneren des Hauses hört man die Klänge eines Grammophons, Gelächter, das gekonnte Trommeln eines Schuhs auf dem hölzernen Fußboden. Sie müssen im Eßzimmer den Teppich zurückgerollt haben.

„Gut", sagt Jane neben mir. „Ich suche mir etwas zu trinken. Kommen Sie mit?"

„Gleich", sage ich. „Zuerst muß ich noch etwas erledigen."

„Sie sind immer so geheimnisvoll", sagt Jane. Sie macht sich den Flur entlang auf den Weg. „Aber ich finde das liebenswert. Kommen Sie und retten Sie mich, wenn Ihre Mission beendet ist." Sie verschwindet in der lärmenden Meute am Ende des Flurs.

Ich finde das Zimmer, das ich suche, im zweiten Stock auf der Vorderseite des Hauses. Das Zimmer ist dunkel. Die Tür ist offen. Ich schlüpfe hinein und ziehe die Tür sachte hinter mir zu. Ich beginne meine Suche bei dem großen Schreibtisch aus Eichenholz, der vor dem Fenster steht.

„Nun, hallo." Es ist Raley. Er sitzt in einem Ohrensessel am Feuer. Ich erschrecke derart, daß ich beinahe aufschreie. Ich zucke kurz zusammen und stoße mit der Hand gegen die Schreibtischlampe.

„Captain Raley", sage ich ziemlich überflüssig.

„Captain Davis."

„Warum tanzen Sie nicht?"

„Ich bin nicht so sehr fürs Tanzen." Raley knipst die Lampe an, die neben seinem Sessel steht, und wir sehen einander nun deutlich. „Ich bin zum Lesen hier heraufgekommen und muß eingeschlafen sein." Ein kleines Buch liegt auf seinen Knien. „Ich habe immer das Gefühl, mich vor Ihnen zu verteidigen. Woher kommt das?"

„Ich glaube, weil ich aus der Defensive heraus angreife", sage ich. „Aus Nervosität."

„Mit diesen Instinkten gäben Sie einen guten Soldaten ab", sagt Raley. „Warum gehen Sie nicht an meiner Stelle? Ich wäre ganz glücklich damit, Kartoffelfelder umzugraben."

Ich erinnere mich, was Jane vor ein paar Tagen zu mir gesagt hat. „Es heißt Women's Land Army", sage ich, „aber eigentlich ist es gar keine Armee."

„Mit Ausnahme der Uniform." Raley zieht einen Flachmann aus seiner Jacke, schraubt den Deckel ab und trinkt. Er hält ihn mir hin.

„Nein, danke." Ich war noch nie eine große Trinkerin. Das eine Mal, als ich bei einer Veranstaltung des Narzissen- und Tulpenkomitees der Royal Horticultural Society zuviel intus hatte, wurde ich sehr ernst. Zu ernst. Ich saß neben einem älteren Ehepaar und schwadronierte über

Frühlingsblumen. Ich glaube, ich habe sogar Wordsworth zitiert.
„Dann auf Ihr Wohl." Raley nimmt einen Schluck auf mich. „Was kann ich für Sie tun, Captain Davis?"
„Ich suche einen Plan des Anwesens. Ich brauche Informationen über einige Teile der Gärten. Haben Sie hier irgendwo einen solchen Plan gesehen?"
„Nein. Aber Sie dürfen gerne danach suchen. Und Sie haben recht, hier wäre der Ort, wo man ihn finden könnte." Raley nimmt sein Buch auf. „Ich werde einfach hier sitzen und lesen und Ihnen Gesellschaft leisten. Darf ich?"
„Wenn Sie möchten", sage ich. Bei Captain Raley weiß ich nie, ob er sich über mich lustig macht oder nicht. Er ist schwer einzuschätzen. Meine erste, instinktive Reaktion ist, ihm nicht zu trauen, seiner Höflichkeit und Galanterie mit Argwohn zu begegnen. Doch ich finde ihn trotzdem sympathisch. Und ich reagiere mit einer solchen Gier auf seine Freundlichkeit, daß ich merke, wie ausgehungert ich danach bin. „Ich wollte nicht einfach so hereinplatzen", sage ich.
Raley schwenkt sein Buch in meine Richtung. „Suchen Sie einfach", sagt er. „Es ist ja auch nicht mein Haus, nicht wahr? Es ist ein Haus, in dem wir vorübergehend wohnen. Das ist alles."
Wie unsere Leben selbst, möchte ich sagen, lasse es aber. Er hat sein Buch wieder aufgenommen. Ich fange an, die Schreibtischschubladen zu durchstöbern.
In dem Schreibtisch ist nichts. Auf den Regalen neben dem Schreibtisch ist nichts. Die Bücher an der Wand sind alphabetisch nach Autoren geordnet, und das verwirrt mich. Würde sich ein Plan des Anwesens überhaupt auf diesen Regalen finden? Und worunter? Unter P für Plan? A für Anwesen? Ich sehe unter M für Mosel nach, aber dort steht nichts außer William Morris. Ich suche auf der an-

deren Seite von Raleys Sessel in den niedrigen Regalen weiter.

„Was lesen Sie?“ frage ich.

„Tennyson. Das Gedicht über den Freund, der starb.“

„In Memoriam?“ Ich bücke mich, um in den Regalen in Bodennähe zu suchen, wo ein Haufen Papiere aufeinandergestapelt sind.

„Ja.“ Raley räuspert sich. „‚Our little systems have their day/They have their day and cease to be.‘ Tun wir nicht genau das, Gwen? Kleine Systeme errichten. Um ihnen die Zeit zu vertreiben, zwinge ich die Männer manchmal zu einer Aufräumaktion oder zu Wortspielen; damit sie aufhören, zu Ihnen den Hügel hinunterzuschleichen oder ihre Bayonette in die Bäume zu rammen.“

„Sollten Sie sie nicht trainieren?“ frage ich.

„Trainieren“, erwidert Raley abschätzig. „Heißt das, mit schweren Rucksäcken über die Felder zu marschieren? Dafür wird noch genügend Zeit sein, wenn wir dort drüben ankommen. Ich lasse die Männer sich lieber ausruhen, als sie zu ermüden.“

Bei den Papierstapeln handelt es sich um Klaviernoten. Ein Präludium von Bach. Eine Etüde von Chopin. „Hatten Sie einen Freund, der starb?“ frage ich, immer noch neben Raleys Sessel damit beschäftigt, auf allen vieren die Regale über den Noten abzusuchen.

Raley liest mir aus seinem Buch vor, mit schwerer, langsamer Stimme. „And, thy dark freight, a vanished life“, sagt er. „An awful thought, a life removed/The human-hearted man I loved/A spirit, not a breathing voice.“

Das ist meine Antwort darauf. „Das Gedicht klingt besser, als ich es in Erinnerung hatte“, sage ich.

„Ja“, stimmt Raley zu. „Er sagt so wunderbare Dinge: ‚He put our lives so far apart/We cannot hear each other speak.‘ Und hat so lebendige Bilder wie ‚and the trees laid their

dark arms about the field'. Aber es geht immer darum, zu Gott aufzusteigen. Er kann mit seiner Trauer nur leben, wenn er sie einer höheren Macht in die Hände legt."
Ich höre, wie Raley das Buch zuschlägt. „Direkt neben ‚In Memoriam'", sagt er dann, „habe ich im Regal diese Monographie eines Reverend F. W. Robertson gefunden. Eine kurze, merkwürdige Interpretation von Tennysons Gedicht. Einige der Beobachtungen sind ziemlich anrührend. Manche sind so platt und offensichtlich, daß sie vollkommen sinnlos scheinen. Hören Sie. Er sagt etwas, was nicht schlecht ist, wie: ‚Erste sorgenvolle Stimmung. Die ewige Düsternis der Eibe ist kongenial.' Und dann sagt er etwas Unbeholfenes und ziemlich Dummes: ‚Das Herz findet im metrischen Ausdruck Erleichterung.' Oder: ‚Das stille englische Grab. Beerdigungsgefühle.' Was genau ist ein Beerdigungsgefühl?"
Ich glaube, ich habe den Plan des Anwesens gefunden. Er steckt in einer Papprröhre, die mit „Grundstücksplan" beschriftet ist. Ich nehme den Metalldeckel am einen Ende ab und ziehe die Papierrolle heraus. „Was soll das?" sage ich. Raley muß betrunken sein. So gesprächig war er noch nie.
„Was es soll", sagt Raley langsam. „Captain Davis, Sie sind ein wenig pedantisch. Was es soll." Ich kann ihn beinahe neben mir denken hören, als ich das Papier aufrolle und feststelle, daß es sich tatsächlich um einen Plan des Geländes handelt, und ihn wieder in die Röhre gleiten lasse.
„‚Es gibt Wahrheiten, die nur anhand von Glaube und Gefühl bewiesen werden können.' Das war eine seiner besseren Beobachtungen", sagt Raley. „Reverend F. W. Robertson. Liebe Davis, was es soll, ist, daß man manchmal nicht mehr will, als seinen Namen neben den von jemandem zu setzen, den man liebt. Den eigenen Namen

neben jenem niederzulegen, als läge man selbst daneben."
Ich stehe auf. Im Zimmer ist es heiß, und ich finde es plötzlich schwierig zu atmen.

Raley neben mir schweigt jetzt. Ich will es eigentlich nicht, aber ich beuge mich zu ihm und berühre sein Haar. Es ist steif vor Pomade, wächsern wie ein Mantel. „Begleiten Sie mich nach unten", sage ich. Doch er schüttelt den Kopf, nein. Er hat die Augen geschlossen. Ich streiche ihm sachte eine Locke aus den Augen, wie meine Mutter mir einmal den Regen aus der Stirn strich. Und er läßt es zu. Als er wieder spricht, ist seine Stimme weich vor Gefühl.

„Dichtung nützt nichts", sagt er. „Ich dachte, sie könnte vielleicht etwas nützen; aber der poetische Augenblick ist statisch. Ein Blick durchs Fenster, während die Dinge anderswo passieren. Und dann wendet der Dichter sich vom Fenster ab, weil das Gedicht zu Ende ist. Oder er wendet sich an Gott. Oder wendet sich von dem Gedicht ab. Er kann der Trauer nicht ins Auge sehen, ohne den Blick abzuwenden. An einem bestimmten Punkt muß er sich notwendigerweise oder vorsätzlich abwenden. Wie kann ich mich erinnern, wenn ich mit dem Verlust nicht Schritt halten kann?" Raley öffnet die Augen und sieht mich an. Sein Gesicht ist nackt und verletzlich. Ich sehe nun, warum es für ihn eine Notwendigkeit ist, sich hinter einer dünnen Schicht aus Charme und guten Manieren zu verstecken. Im Herzen ist er ungeschützt, wächst bei bitterem Winterwind irgendwo gefährlich auf einem Felsen.

„Ich brauche etwas, was mit mir Schritt hält", sagt Raley. „Ich brauche etwas, was sich genauso schnell bewegt, wie ich mich von ihm entferne."

Das Feuer im Kamin knattert wie eine Gewehrsalve. Ich nehme die Hand von Raleys Stirn. Ich weiß nicht, was ich zu ihm sagen soll. Während ich damit beschäftigt war, die Regale zu durchstöbern, um den Plan des Anwesens zu finden, hat er mir vorgelesen. Er hat mir *vorgelesen*. Und was kann ich über Dichtung sagen? Er hat recht mit seinem Gefühl. Ich habe oft gedacht, daß Dichtung eine Möglichkeit ist, Verlust zu benennen, doch sie kann niemanden auf der Reise des Verlustes begleiten.

„Kommen Sie mit mir nach unten", sage ich.

Unten scheint es lauter zu sein als zuvor. Das Grammophon scheint lauter. Die Stimmen. Gelächter. Das Schleifen der Schuhe auf dem hölzernen Fußboden. Ich stelle mich kurz auf die Schwelle zum Eßzimmer, und Raley steht hinter mir. „Wo ist Jane?" frage ich British Queen, die an mir vorbeitanzt.

„In der Küche", ruft sie mir über die Schulter ihres blonden Tanzpartners hinweg zu.

Ich bleibe noch einen Moment im Türrahmen stehen, dann führe ich Raley über den Flur in die Küche. Ich fühle mich plötzlich von einem Gefühl der Verantwortung übermannt. Ich sollte sorgfältiger auf die Mädchen aufpassen. Sie geraten wieder außer Kontrolle. Doch ich lasse meinen Blick über den Raum mit den sich bewegenden Körpern schweifen. Das Zimmer wird von ihrer Jugend und ihrem Lachen erleuchtet, von ihrer sorglosen Energie. Zu einem solchen Zimmer kann ich nicht nein sagen. „Kommen Sie", sage ich zu Raley, und wir machen uns auf in Richtung Küche.

Jane ist in der Küche. Sie steht hinter einem Soldaten, der auf einem Stuhl sitzt. Sie befinden sich mitten im Raum. Niemand ist da außer ihnen. Ich erkenne den Soldaten vom Bahnhof an meinem ersten Tag in Devon. David. So heißt er. David aus Neufundland. Mir fällt ein, daß ich Raley nie danach gefragt habe, wo er herkommt. Ich tue es beinahe, drehe mich beinahe zu ihm um, als ich in Janes Hand über Davids Kopf eine Schere aufblitzen sehe. Sie schneidet ihm die Haare.

In einem anderen Kontext könnte die Geschichte eine ganz andere sein. Dies könnte Janes Haus sein, oder meins. Sie könnte mit David verheiratet sein. Raley und ich könnten zum Abendessen zu ihnen kommen. Die Sache mit dem Krieg ist die – wir können uns nicht genügend verändern, um uns ihm anzupassen. Wir wollen immer noch tanzen und lesen. Wir halten an einer häuslichen Ordnung fest. Vielleicht halten wir noch stärker daran fest als zuvor.

David hält die Augen geschlossen. Sein Haar hat die Farbe von Weizen. Janes Hände bewegen sich darüber hinweg wie langsame Vögel. Ich erkenne, wie sehr sie dort landen möchte, wie sehr sie ihn berühren möchte. Ich spüre die Hitze von Raley hinter mir, spüre seinen Atem in meinem Haar. Und ich lehne mich beinahe zurück. Beinahe. Doch in diesem Moment blickt Jane auf und sieht mich im Türrahmen stehen, und der Moment ist vorüber. Sie hat diesen benommenen, entrückten Gesichtsausdruck, den ich von meiner Mutter kenne, als sie im Sterben lag. Aufzuwachen und nicht zu wissen, wo man ist.

„Gwen“, sagt sie, die Hände immer noch über Davids Kopf, der die Augen weiter geschlossen hält. „Ich muß nach Hause.“

Draußen auf der Haustreppe küssen sich Golden Wonder und ein Soldat. Sie scheinen Jane und mich nicht zu bemerken, als wir um sie herumgehen und über den steinernen Absatz in die wäßrige Dunkelheit hinaustreten.

„Ich wußte nicht, daß du Haare schneiden kannst“, sage ich zu Jane, als wir den Hügel hinuntergehen.

„Das habe ich in meinem früheren Leben getan“, sagt sie. „Erinnern Sie sich an dieses andere Leben?“

„Kaum.“ Es scheint, als falte jeder Tag ein wenig mehr von jenem Leben zusammen, das ich einmal hatte.

Jane schweigt neben mir. Auf beiden Seiten der Straße

stehen die dunklen Schatten der Bäume. Der Nachthimmel ist von Sternen übersät.
„Ich muß ihn in seiner Abwesenheit sehr lieben", sagt sie schließlich. „Ich darf nicht nachlassen, oder er kommt nicht zurück." Möglicherweise weint sie, doch ich bin mir nicht sicher. Ich nehme die Röhre mit dem Plan unter den anderen Arm und suche mit der freien Hand nach der von Jane und halte sie den ganzen Weg hügelabwärts fest.
„Schau", sage ich. „Schau dir die Nacht an. Diese Nacht." Denn vielleicht kann Dichtung uns so von Nutzen sein. Auch wenn sie sich nicht mit uns bewegt, können wir sie zwischen uns bewegen, sie hin- und herreichen, so daß sie von unseren Stimmen gehalten wird, so daß sie sich mit unserem Atem bewegt, unserem lebendigen Atem. „Schau: ‚And the trees laid their dark arms about the field'."

15

Ich kann nicht schlafen. Die Nacht um mich herum ist immens, als ich mich in meinem Bett aufsetze und den Plan des Anwesens vor mir ausbreite. Ich benutze *The Genus Rosa*, um ihn fest auf der Matratze zu verankern.
Der Plan stammt aus dem Jahr 1900 und gibt die Gärten sehr detailliert wieder. Der Nord- und der Südgarten sind ziemlich genau so, wie ich sie mir vorgestellt habe. Es gibt Pläne für einen Wassergarten und einen Irrgarten, die mit gestrichelten Linien eingezeichnet sind, um zu zeigen, daß sie nur auf diesem Papier und in jemandes Vorstellung existieren. Das gefällt mir, mir gefällt, daß das, was da ist, und das, was nur in der Vorstellung existiert, nebeneinander auf demselben Blatt Papier sein können.

Der Obstgarten mit seiner Steinmauer ist eingezeichnet. Dahinter die Eibenreihe und der gepflasterte Weg, treffend genug als „Eibengang" bezeichnet. Doch hinter der Begrenzung durch die Eiben ist auf dem Plan nichts markiert, nichts deutet auf den Garten hin, den ich gefunden habe. „Wald", heißt es da für das gesamte Gebiet. Wer auch immer diesen Garten angelegt hat, tat dies zwischen 1900 und 1916, als das Anwesen wegen des Krieges seine Gärtner verlor.

Ich finde keine Ruhe. Ich gehe im Zimmer auf und ab. Ich lehne den Kopf an den Schrank. Ausnahmsweise beruhigt mich nicht einmal der Gedanke, unter *The Genus Rosa* zu liegen. Ich rolle den Plan zusammen und schiebe ihn in seine Hülle zurück. Ich gehe ans Fenster und reiße es auf.

Mosel scheint eine solch eigene Welt zu sein. Manchmal ist es schwierig, sich eine andere vorzustellen oder sich an eine andere zu erinnern. Das Anwesen liegt ziemlich weit im Süden Devons. Das Meer muß in der Nähe sein, und heute nacht bläst der Wind aus dieser Richtung. Ich rieche das Meer. Die Luft ist mit Salz durchsetzt. Das erinnert mich an die Themse, daran, wie ich im Dunkeln, über das Ufergeländer gebeugt, den vorbeifließenden Fluß unter mir roch.

Über den Fenstersims gebeugt, sehe ich in der Dunkelheit des Hofes wieder eine Gestalt über den Innenhof huschen. Dieselbe Gestalt? Ich meine schon, aber ich bin zu hoch oben, um sagen zu können, wer es ist. Ich trete ins Zimmer zurück, rase zur Tür und stürze die Treppe hinunter und trete unten praktisch die Tür auf.

Ich stehe draußen auf dem Kiesweg neben der traurigen Erinnerung an die gemischte Rabatte. Nichts. Die Gestalt ist wie vom Erdboden verschluckt. Wie konnte das so schnell geschehen? Ich erinnere mich an das Land Girl, das durch die Dunkelheit auf mich zugerannt war; wie erschüttert sie von etwas gewesen war, was sie ihrer Überzeugung nach gesehen hatte. Ein Geist. Ist es das, was ich gesehen habe? Ich war so schnell bereit, vor ihr und Jane über Geister zu spotten; dennoch spürte ich etwas, als ich den Garten entdeckte. Ich spürte die Gegenwart von etwas anderem. Und als ich jetzt in der Dunkelheit stehe und der salzige Wind von der unsichtbaren See herüberweht, von dem geliebten Fluß meiner Erinnerung, weiß ich nicht, was ich denken soll. Bin ich Wunsch? Bin ich Instinkt? Hat etwas Vergessenes sich plötzlich wieder in Erinnerung gebracht? *Sehnsucht.* Was ist Sehnsucht wenn nicht der Geist der Erinnerung?

16

Der von mir entdeckte Garten besteht in Wirklichkeit aus drei Gärten. Sie sind miteinander verbunden, jeder geht fließend in den anderen über. Doch die beiden anderen blühen noch nicht, deshalb habe ich das Gefühl, daß es falsch wäre, sie zu erforschen, bevor sie selbst sich zeigen.

Die Person, die den Garten der Sehnsucht angelegt hat, war klug. Die Bepflanzung vermittelt keine einfachen, erklärenden Hinweise. Keine Vergißmeinnicht oder Tränenden Herzen. Die Botschaft ist wesentlich subtiler, ihre Bedeutung muß erarbeitet werden.

Je länger ich mich um diesen Garten kümmere, desto klarer wird mir, wie bewußt er bepflanzt worden ist. Nur eine von Gefühlen geleitete Entscheidung hat diese Pflanzen nebeneinandergebracht, sonst würden sie nie nebeneinander wachsen. Für das Auge ist es keine gefällige Anordnung. Doch dieser Garten wurde nicht für das Auge gepflanzt. Er wurde für das Herz gepflanzt. Und hier, denke ich, bin ich

Instinkt. Ich folge dem roten Faden dessen, was ich weiß, und bringe es mit dem in Verbindung, was hier gepflanzt wurde.

Erysium semperflorens ist in Marokko beheimatet. Es wächst zwischen Gestrüpp und an felsigen Stellen. Es wächst in den Dünen am Meer. Es hat schmale Blätter und dichte, stachelige, vierblättrige Blüten. Es ist robust und winterfest. Es ist beinahe ein Dauerblüher. *Semperflorens* bedeutet immerblühend.

Ich trimme zwei ineinander verwachsene Eiben, um eine Lücke zu schaffen, durch die ich jeden Tag hindurchschlüpfen kann, ohne mich zu verletzen, die aber schmal genug ist, um von zufälligen Passanten unbemerkt zu bleiben. Je mehr Zeit ich an diesem abgelegenen Zufluchtsort verbringe, desto privater und geheimnisvoller wird er. Und desto überzeugter bin ich, daß es mir bestimmt war, ihn zu finden. Jane ist das einzige der Mädchen, das mich aufmerksam genug beobachtet, um sich über meinen täglichen Verbleib zu wundern. Doch ich halte mich bedeckt, indem ich mich auf dem ganzen Anwesen bewege und dafür sorge, daß ich an verschiedenen Orten gesehen werde. Ich ziehe mich nur in diesen geheimen Garten zurück, wenn ich mir ziemlich sicher bin, daß niemand in der Nähe ist. Und das ist einfach, wirklich. Niemand scheint je auch nur bis zum Obstgarten vorzudringen. Die Mädchen haben weniger Interesse daran, hier herunterzukommen, als daran, von unserem Quartier weg den Hügel hinauf zum großen Haus zu gehen, in der Hoffnung, dort einem Soldaten zu begegnen.

Es ist ein sonniger Nachmittag Ende April. Ich jäte Unkraut im Garten der Sehnsucht, grabe die Erde um, um die Schollen aufzubrechen. Wenn man es zuläßt, wird Erde zu Stein. Die Sonne scheint heiß auf meinen Rücken, und die Muskeln in meinem Arm sind gespannt, fühlen sich benutzt an.

Ich hatte vergessen, wie gut es sich anfühlen kann, wenn der Körper durch körperliche Arbeit müde wird. Erschöpft. Am Rand des Blumenbeets kniend, mit einem leichten Schmerz in der Schulter und der Sonne auf meiner Haut, fühle ich mich erschöpft.

Lathraea clandestina wächst in feuchten Wäldern oder auf Wiesen in der Nähe von Bächen. Samen, die im Boden liegen, bleiben feucht und keimen leicht. Es ist eine blattlose Pflanze. Nichts, um die Blüten zu schützen, die direkt aus der Erde sprießen.

17

Gegen Ende der Woche ist der Küchengarten vollständig hergerichtet und bepflanzt, und wir wenden uns mit vereinten Kräften dem Nordgarten zu, um die Erde dort vorzubereiten. Dazu benötige ich den Einsatz aller. Sogar den von Jane. Sogar den der Pferde. Wir verbringen den größten Teil des Morgens damit, uns zu versammeln, die nötigen Ausrüstungsgegenstände zum Pflügen zusammenzusuchen und die Pferde ins Geschirr zu spannen. Keine weiß genau, was zu tun ist, aber jede weiß ein wenig über den Vorgang – das genügt uns, um mit meinem Plan fortzufahren, obwohl wir den Versuch im nachhinein nie hätten wagen sollen.

Jane erinnert sich an das Pflügen aus ihrer Kindheit auf dem Bauernhof. Doch woran sie sich erinnert, ist, als Kind dabei zugeschaut zu haben, was nicht viel nützt. British Queen hatte einen Freund, der Landwirt war. Sie weiß, wie man die Pferde ausspannt und am Ende des Tages das Feld verläßt. Ich überlege mir, wie schwierig es wohl sein kann. Victualette Noir sagt: „Es ist nichts anderes als umgraben“, als wir in der Scheune herumstehen und uns den Kopf über die Holz- und Metallteile zerbrechen, die einen Pflug ausmachen.

Meine Idee ist einfach. Auch wenn gerade nicht die richtige Jahreszeit ist zum Pflügen, möchte ich den Pflug einsetzen, um die Erde im Nordgarten zu umbrechen, damit es leichter wird, den Boden für die Kartoffelaussaat vorzubereiten. Ein paarmal mit dem Pferd die Weide hinauf und hinunter. Die Furchen müssen nicht einmal gerade sein. Es dürfte nicht weiter schwierig werden.

Es erfordert viel Zeit und Mühe, den Pflug aus der Scheune hinauszuschaffen. Er ist viel schwerer, als er aussieht, und muß eher gehoben als gezogen werden, damit wir nicht versehentlich die saubere, glatte Oberfläche des Innenhofs umpflügen. Es dauert fast den ganzen Morgen, den Pflug hinten herum um die Scheune zum Nordgarten zu schleppen. Dabei verrenkt sich Golden Wonder die Schulter, und Salad Blue reißt sich an einem Holzsplitter den Finger auf. Wir verlieren eine gute halbe Stunde damit, diese Verletzungen zu untersuchen und zu diskutieren. Dann läuft Jane zurück in den Stall, um die Pferde zu holen, während wir das Geschirr entwirren, das wir neben dem Pflug auf die Erde geworfen haben.

„Schneller mit dem Pflug“, sagt Salad Blue düster. Sie hält ihren verletzten Finger hoch in die Luft, als wollte sie gleich eine wichtige Erklärung abgeben.

Es zeigt sich, daß nur eines der Pferde den Pflug kennt. Das alte. Das junge, der Rappe, wird im Geschirr ganz nervös. Der alte Ackergaul erinnert sich an das Gewicht des Pfluges und an die langsame, gleichmäßige Gangart, die nötig ist, damit er sicher über die Erde gezogen wird. Nachdem das alte Pferd sein Gnadenbrot bekam, mußten die Besitzer von Mosel, noch bevor das junge gekauft war, damit begonnen haben, mit dem Traktor zu pflügen.

Es ist The Lumper, die am meisten darüber weiß, was dazu nötig ist, ein Stück Erde zu pflügen. Sie übernimmt den Pflug, setzt ihn fest auf der Erde auf und hält ihn auf seiner langsamen Reise gerade. Wir anderen springen neben ihr her, fassen hier und dort Teile des Geschirrs an oder das Pferd, doch eher um uns zu versichern, daß wir etwas tun, als um tatsächlich zu helfen. Doch während wir alle gemeinsam über den Acker stolpern, jede mit der zerbrechlichen Maschine verbunden, die wir kaum meistern, und jede auch mit den anderen verbunden, kommt zwischen uns ein Gefühl der Stärke auf. Ich sehe den Schweiß auf der Stirn von The Lumper und die angespannten Muskeln in British Queens Arm, der den hölzernen Griff des Pfluges führt. Ich sehe Jane, ihren dünnen, gebeugten Körper, als sie vor uns das Pferd führt. Sogar Golden Wonder, die neben uns herhüpft und mit der freien Hand ihre verletzte Schulter umfaßt hält, sogar sie ist, wie wir alle – diesem Moment gewachsen, in diesem Moment gewachsen.

Und dann erreichen wir das Ende des kleinen Ackers und stellen fest, daß wir nicht genügend Platz gelassen haben, um das Pferd zu wenden.

„O verdammt“, sagt Salad Blue. Das Pferd steht direkt vor den Bäumen am Rand der Auffahrt. Wir werden die Zügel losmachen und den Pflug von Hand wenden müssen. Niemand sagt etwas.

Ich hätte es besser wissen sollen. Ich hätte mich nicht von meiner Begeisterung davontragen lassen dürfen. Jetzt werden die Mädchen mir die Schuld geben und alle übellaunig und unwillig werden. Unser kurzer Moment der Eintracht wird für immer vorbei sein. Ich habe einen Fehler begangen. Ich weiß nicht, was ich tue.

„Also dann“, sagt The Lumper zu British Queen. „Hilf mir mal.“ Sie ist bereits damit beschäftigt, das Pferd vom Pflug abzuschirren. British Queen ist so freundlich und geht ihr zur

Hand. Jane hält das Pferd ruhig. Niemand beklagt sich. Niemand sieht mich an, als wäre alles mein Fehler. Und obwohl wir den Pflug losmachen, fühle ich mich von der guten Stimmung und der Hilfsbereitschaft der anderen so in Hochstimmung versetzt, daß ich einfach weitermachen möchte. Ich möchte, daß das Pferd weitergeht, zwischen den Bäumen hindurch, über die Straße, über die Felder bis zum Meer, und daß sich hinter ihm in der Erde eine Ader öffnet.

Von der anderen Seite der Bäume hört man das Geräusch eines Autos. Es nähert sich allmählich vom Fuß des Hügels, aus der Richtung des Dorfes. Ich höre, wie es langsamer wird, als es den Hügel herauf auf uns zukommt – langsamer wird, dann ganz stehenbleibt.

Der Pflug ist vom Geschirr befreit, und wir plagen uns alle unter seinem Gewicht, heben ihn aus seiner Furche und sind gerade dabei, ihn in entgegengesetzter Richtung abzusetzen, als plötzlich eine kleine, rundliche Frau im Regenmantel zwischen den Bäumen hindurchschlüpft. „Mädchen!“ sagt sie mit einer gewissen Überraschung in der Stimme, als hätte sie auch über eine andere exotische Spezies stolpern können. Giraffen! Tanzende Pinguine!

„Oh, hallo“, sagt Jane. Sie blickt zu mir herüber. „Mrs. Billings“, sagt sie.

Die Abgeordnete klatscht in die Hände, erschreckt damit das Pferd und bemerkt mit besorgniserregender Fröhlichkeit: „Was für ein perfekter Morgen für die Landwirtschaft!“

Salad Blue hinter mir schnaubt. „Guten Tag“, sage ich und trete vor. „Wir haben uns noch nicht kennengelernt. Ich bin Gwen Davis.“ Den Teil über die Royal Horticultural Society lasse ich weg.

„Ah“, sagt Mrs. Billings. „Sie sind von der Royal Horticultural Society.“ Sie mustert mich von oben bis unten, als wäre ich in Wirklichkeit ein Pflanzenexemplar. „Die, die so lange gebraucht hat, um hier einzutreffen.“

„Ja."
„Nun, wenigstens sind Sie jetzt hier. Wo Sie hingehören."
Mrs. Billings geht behende um das Pferd herum und blickt auf unsere verwackelte Furche hinunter. „Wie ich sehe, seid ihr alle beschäftigt. Gut." In ihrem glänzenden Regenmantel sieht sie aus wie ein Käfer. „Und wie steht es mit Mrs. Purvis und Mrs. Crane?"
„Mit wem?" fragt Jane. Sie ist herangekommen und steht jetzt näher bei Salad Blue und mir.
„Mit den Frauen aus dem Dorf, die für euch kochen", sagt die Abgeordnete. Sie hat sich umgedreht und wendet sich mit aufgestellten kleinen Käferantennen an unsere Gruppe. Ich fühle mich wie in die Grundschule zurückversetzt.
„Wir sind sie losgeworden", sage ich. „Wir machen das jetzt selbst."
Der Käfer stemmt die Hände in die Hüften. „Sie können sie nicht einfach loswerden", sagt sie.
„Aufseherinnen", flüstert mir Jane ins Ohr.
„Warum nicht?" sage ich. „Wir machen es lieber selbst."
„Aber das muß alles über mich gehen", sagt Mrs. Käfer.
„Wahrscheinlich geht alles über Sie", sagt Jane unfreundlich sotto voce.
„Es gibt Regeln", fährt die Abgeordnete fort. „Das Anwesen gehört nicht euch. Ihr lebt nicht hier."
„Doch, wir leben hier", sagt The Lumper. Sie hat eine Hand auf den Pflug gelegt, und ihr Gesicht ist schweißverschmiert. Sie sieht aus, als hätte sie jahrelang mit dem Pflug gearbeitet.
Ist es wirklich möglich, in abstrakten Bezeichnungen zu denken, während wir vollen körperlichen Einsatz leisten? Ist es möglich, etwas „für den Krieg" zu tun und es nicht mit dem eigenen Leben in Verbindung zu bringen? Wir alle sind wegen des Krieges hier in Mosel. Wir tun diese Arbeit

wegen des Krieges. Doch wir tun diese Arbeit mit unserem ganzen Selbst, und es ist eigentlich nicht zu verhindern, daß all dies mit uns zu tun hat. The Lumper hat recht. Es ist sehr einfach. Wir leben hier.

„Lassen Sie mich Ihnen zeigen, was wir getan haben", sage ich und führe Mrs. Billings vom Nordgarten weg zum wiederhergestellten Küchengarten. Sie folgt mir ziemlich zögernd und keucht leise, als sie auf ihren kurzen Käferbeinen hinter den Ställen den Hügel hinunterstakst. Während ich warte, bis sie mich eingeholt hat, sehe ich mich nach den Mädchen um. Sie haben den Pflug gewendet. Jede hat sich an dem Gerät aufgestellt. Jane führt das Pferd. Sie bewegen sich alle auf neuer Erde weiter.

An jenem Abend kocht Victualette Noir für uns einen wahrhaft köstlichen Fisch in Senfsauce. Zum Dessert bereitet sie einen Reispudding. Wir reden und essen mit größerem Appetit als gewöhnlich, und später gehen wir alle hinunter in das Zimmer mit dem Radiogerät.

Die Bombardierung Londons geht unvermindert weiter. Der Hafen von Plymouth ist ebenfalls schwer getroffen. Die Schlacht auf dem Atlantik ist in vollem Gange, und Großbritannien hat bereits über hundert Schiffe verloren. Aus irgendeinem Grund hat die Admiralität entschieden, sämtliche Korvetten der Flotte nach zarten Blumen zu benennen. Es ist merkwürdig, von der *Campanula* zu hören, die von der *Hyacinth* und der *Akelei* eskortiert wird. Eines der Schiffe heißt sogar *Convolvulus*, Winde, was, abgesehen davon, daß es sich dabei um eine exzellente Steingartenpflanze handelt, ein sehr kniffliges Wort ist. Ich stelle mir den Funker jener Korvette vor, wie er bei einem Angriff versucht, dieses Wort schnell herauszubekommen. Die Winde ist eine hübsche Blume. Doch als Kriegswaffe, fürchte ich, könnte sie dem Untergang geweiht sein.

Die anderen Nachrichten sind noch sehr viel deprimierender. Man vermutet, Hitlers Vorrücken bis zum Mittelmeer sei unvermeidlich und vielleicht sogar unaufhaltsam. Ich blicke zu Jane hinüber, die auf einem Stuhl am Fenster sitzt, die Knie bis zum Kinn hochgezogen und die Arme fest um die Beine geschlungen. Wie überlebt sie die Ungewißheit um das Verschwinden ihres Verlobten?
„Ich hasse diese Vorhänge", sagt Salad Blue plötzlich. „Sie geben mir das Gefühl, in einem Grab zu sein."
„Vielleicht bedeutet es, der Vorhang fällt", sagt Jane. Aber niemand lacht.
„Wartet", sagt May Queen. „Ich habe eine Idee." Sie läuft mit einer für sie ungewöhnlichen Geschwindigkeit aus dem Raum. Wir hören sie geräuschvoll die Treppe zu ihrem Zimmer hinauf- und dann wieder herunterlaufen. Sie kommt zurück, sieht mehr oder weniger genauso aus wie beim Verlassen des Zimmers, nur ein wenig erhitzt von der Anstrengung.
„Was ist?" fragt British Queen.
May Queen steht in der Mitte des Raumes. Sie streckt die Hand aus. Auf ihrer geöffneten Handfläche liegen mehrere Kreidestücke. „Ich war Schneidergehilfin", sagt sie. „Früher. In London." Sie tritt an die Vorhänge und malt mit der Schneiderkreide ein riesiges weißes Viereck auf das schwarze Material. Ihr Strich ist kräftig und sicher. „Das ist das Geschäft, in dem ich gearbeitet habe", sagt sie. „In Kensington." Sie schreibt etwas über das Viereck. „Durbin's. Durbin's Damenschneiderei." Sie zeichnet eine Tür in den Laden ein und fängt dann an, Schaufensterpuppen und Kleider ins Schaufenster zu zeichnen. „Dieses hier", sagt sie und tippt mit ihrer Kreide auf den Umriß eines Abendkleides, „war aus dem wunderbarsten Rot. Pelzweicher Samt. Es war für die Tochter eines Magistrats. Sie kam immer in einem Daimler mit Chauffeur zu den Anproben.

Und dieses hier", sie deutet mit der Kreide auf die Zeichnung neben jener vom Kleid der Magistratstochter, „dieses hier wurde von Mrs. Durbin entworfen, aber ich habe das Material dafür ausgesucht. Jakonett. Das habe ich ausgesucht. Denn ich wollte ein Kleid, das sich leicht anfühlt wie Rauch, damit die Bewegungen darin Leichtigkeit gewinnen."

Wir sehen May Queen zu, wie sie das Geschäft, in dem sie gearbeitet hat, auf die Verdunklungsvorhänge zeichnet. Die Wirkung ist hypnotisch. Wie merkwürdig, an unser früheres Leben zu denken, wie es war, bevor wir es hinter uns ließen. Manchmal frage ich mich, ob ich jemals nach London zurückkehren werde. Ob es ein London geben wird, in das man zurückkehren kann. Und manchmal verspüre ich eine große Müdigkeit, für eine so unbestimmte Dauer von zu Hause weg zu sein; und alles, was ich mir wünsche, alles, wonach ich mich sehne, ist, nach Hause zu gehen. Ist das überhaupt ein Ort, frage ich mich, oder nur ein Gefühl? Und werde ich dieses Heimatgefühl je wieder haben?

„Wurdet ihr ausgebombt?" frage ich. „In Durbin's Damenschneiderei?"

„Lange Zeit nicht", sagt May Queen. „Doch die Geschäfte auf beiden Seiten verschwanden. Es gab tiefe Krater in der Straße. Eines war ein Schreibwarengeschäft, und ich habe die ganze Zeit an den merkwürdigsten Stellen Briefumschläge gefunden, als hätte jemand heimlich einen Brief zwischen ein Abflußrohr und die Wand geklemmt. Oder ins vordere Fenster gestellt." Sie zeichnet eine kleines weißes Rechteck in die rechte untere Ecke des Geschäfts, um einen verirrten Umschlag zu markieren. „Wir wußten nicht, was wir tun sollten, deshalb kamen wir einfach weiter zur Arbeit. Und dann waren wir eines Tages auch verschwunden." Sie tritt von ihrer Skizze zurück. „So sah es aus", sagt sie. „So erinnere ich mich daran." Sie dreht sich zu uns um, die

Kreide wie einen Stift zwischen den Fingern oder wie einen Rosenstiel. Ihr Gesicht hat einen verwirrten Ausdruck, als könne sie nicht ganz glauben, was aus ihrem Leben geworden ist. Und ich begreife, daß nicht wir unser Leben hinter uns gelassen haben. Es hat uns hinter sich gelassen. Die bekannten Dinge darin. Der Aufbau unserer Tage. Alles, was uns ausmacht, ist uns genommen worden. Wir sind von unserem tatsächlichen Ich verlassen worden, von der weichen Last der alten Welt.

May Queens richtiger Name ist Alice. Sie steht vor den Umrissen von Durbin's Damenschneiderei und hält das Kreidestück umklammert. „Ich erinnere mich", sagt sie, „an dieses Kleid, das ich aus Jakonett genäht habe. Das Kleid war wie Rauch. Es wurde von einer großen, dünnen Frau gekauft. Ein paar Tage bevor das Geschäft verschwand, habe ich mit ihr die Anprobe gemacht. Sie war nervös, daran erinnere ich mich. Und sie hat das Kleid auf dem Nachhauseweg getragen."

18

Mrs. Woolf ist tot. Das wird am Abend des 21. April mit den Nachrichten über den Krieg im Radio gesendet. Sie ist doch in diesem Fluß in Sussex ertrunken. Ihre Leiche wurde von Kindern gefunden.

Ich kann es nicht glauben. Ich möchte es nicht glauben. Ich bin ihr unerwartet böse, daß sie gestorben ist. Und verwechsle ihren Tod immerzu mit den Toten des Krieges. Sie starb während des Krieges, denke ich, und drücke meinen Kopf gegen die steife Stuhllehne, als ich die Nachricht höre – nicht wegen des Krieges. Doch wo ist da noch ein Unterschied? Es ist alles der Krieg.

Ich gehe aus dem Radiozimmer in die Nacht hinaus, wo der Himmel, von Sternen beschwert, schwarz über dem Innenhof hängt.

Liebe Mrs. Woolf,

Sie waren nicht vollkommen. Sie haben in Ihren Büchern einige Fehler gemacht. Den Standpunkt der Blumen in *Kew Gardens* fand ich immer unglaubhaft. Blumen würden nicht so denken. Bei ihnen geht es überhaupt nicht ums Denken. Und ich weiß, daß *Die Fahrt zum Leuchtturm* auf den Hebriden angesiedelt sein soll, doch das ist nicht der Fall. Sie haben die Flora nicht richtig hinbekommen. Auf den Hebriden gibt es weder Ulmen noch Dahlien. Und keine Nelken.

Ich gehe über das Gras des Innenhofs. Es wird allmählich zu lang und sollte bald gemäht werden. Ich spüre, wie es seitlich an meinen Stiefeln entlangstreicht, als ich an den Ställen vorbei durch die Öffnung in den Garten schlüpfe.

Liebe Mrs. Woolf,

Einige Ihrer Bücher mochte ich nicht einmal besonders. Ich fand *Nacht und Tag* ein bißchen langweilig und *Die Fahrt hinaus* nicht sehr interessant, obwohl mir der Teil über die Themse gefiel.

Ich gehe hinunter in den Südgarten. Von dort aus kann ich weiter unten die dunkel abfallenden Felder sehen. Ich stehe unter einem Baum, der bereits vor Blüten überschäumt. Die Kastanien sprießen. Liebe Mrs. Woolf, denke ich, aber es gibt nicht wirklich etwas zu sagen. Die Verbindung, die ich zu ihren Worten empfand, werde ich ihr nun niemals schildern können. Sie wird niemals erfahren, daß ich ihr in London eines Abends über den Platz gefolgt bin. Sie wird niemals erfahren, wie ich mich fühlte, als ich ihre Bücher las. Ich erinnere mich an das wunderbare Gefühl des Michfallenlassens bei *Mrs. Dalloway*, meine ständige Erwartung, daß die Geschichte mich fallen ließe, doch sie hielt mich, trug mich.

Liebe Mrs. Woolf.
Von den Feldern herauf hört man das Rufen einer Nachtigall. Jeder Ton melodisch wie Wasser. Und dann liegt über diesem Geräusch ein anderes, das ich zuerst nicht einordnen kann. Ein dünnes, monotones Jaulen, das an Intensität und Frequenz zunimmt. Es ist ein Geräusch, mit dem ich aus London vertraut bin. Bombenflugzeuge. Ein Bombengeschwader unterwegs von oder zu einer Patrouille an der Küste von Devon. Die Nachtigall singt weiter. Ich warte darauf, daß sie aufhört, als die Flugzeuge auf uns zudonnern und dann direkt über uns hinwegfliegen. Doch die Nachtigall hält ihr Lied durch. Vielleicht ist sogar die Natur diesem Krieg gegenüber immun geworden. Oder vielleicht hat die Nachtigall ein so verzweifeltes Bedürfnis zu singen, daß nichts sie zum Schweigen bringt. Die Flugzeuge fliegen hoch über uns dahin, und der Vogel singt weiter und singt immer noch, als ich zu den Gebäuden oben auf dem Hügel zurückkehre.
Als ich am Küchengarten vorbeigehe, sehe ich etwas aus dem Augenwinkel. Etwas Weißes blitzt vor den Ziegelsteinen auf. Es ist so schnell vorbei, daß ich nicht recht weiß, was ich denken soll. Erst am nächsten Tag, als Golden Wonder erzählt, sie habe eine weiße Gestalt zwischen den Bäumen gesehen, und das erste Huhn verschwindet, erinnere ich mich wieder an dieses nächtliche weiße Flackern und nenne es einen Geist.

19

Im Garten der Sehnsucht sind drei Pflanzen übrig. Eine ist abgestorben, die andere ist noch nicht aufgeblüht. Die dritte Pflanze hat sich wuchernd ausgebreitet und bildet über dem Blumenbeet eine Wolke bläulich-rosafarbener Blüten. Wie tausend Schmetterlinge. Es ist die *Rosa eglanteria* – eine Sweetbriar-Rose mit ihren kleinen, einfachen Blüten und den dicken Zweigen mit den gebogenen Dornen. Die Sache mit der Sweetbriar-Rose ist die: Während der Duft bei den meisten Rosen von den Blüten selbst ausgeht, ist er bei dieser Rose in den Blättern enthalten. Der Geruch ist nach einem Regen am stärksten, doch wenn man ein Blatt zwischen den Fingern zerreibt, entströmt ihm der Duft nach Äpfeln.

Welche Fragen zu diesem Garten ich auch beantworte, indem ich die Eigenschaften der Pflanzen benenne und sie mit Sehnsucht in Verbindung bringe, es entstehen immer neue Fragen. Pflanzte die Person, die diesen Garten anlegte, die Sweetbriar-Rose, weil sie an den Duft von Äpfeln erinnern wollte, weil Äpfel in ihrer Geschichte eine Rolle spielten? Oder war es einfach eine Metapher für die Sehnsucht – daß die *Rosa eglanteria* einen unerwarteten Duft verströmte, ein Geheimnis hatte, das in seiner Eindringlichkeit überraschte? Ich weiß nicht, was ich davon halten soll. Je mehr ich über diesen Garten herausfinde, desto weniger weiß ich.

Die Pflanze, die noch nicht aufgeblüht ist, ist ein Lavendel. Ich liebe Lavendel. Was ist eindringlicher, als diesen Duft an den Fingern zu haben, wenn man den Garten verläßt? Mit den Händen über die Blätter zu streichen, so daß einen der schwächer werdende Duft den ganzen Tag beim Erfüllen seiner Pflichten daran erinnert und aufs neue mit Sehnsucht erfüllt. Abgestorbene Blüten halten ihren Duft. Und es ist, als würden die Hände selbst zu abgestorbenen Blüten, deren lebendiger Geruch immer mehr verfliegt, an die Luft abgegeben wird, wo er sich verflüchtigt und verschwindet.

Die Sache mit der Sehnsucht ist die: Es ist einfach, sich dem Begehren ebenbürtig zu fühlen. Es ist selten, sich dem Besitz ebenbürtig zu fühlen.

Die letzte Pflanze im Garten der Sehnsucht ist abgestorben, und das schon seit vielen Jahren. Ich finde nur durch Zufall einen Beweis davon, als ich in der Erde herumwühle, um die Rosenwurzeln von dem Unkraut zu befreien, das sie zu ersticken droht. Dort, in der Erde, finde ich eine verdorrte Hülse, einen alten Safran-Kormus.
Ich weiß nicht, warum er hier ist. Ich kann nicht raten. Safranpflanzen sind schwer zu ziehen, sind nicht sehr langlebig. Das Gewürz ist delikat und wertvoll. Diese Dinge sind mit der Sehnsucht verwandt, nehme ich an, aber ich bin mir nicht sicher über diese Erklärung.
An dem Nachmittag, als ich den Safran entdecke, bleibe ich lange im Garten. Ich habe im Wäldchen hinter dem Blumenbeet abgestorbenes Holz gesammelt und daraus eine grobe Bank gezimmert. Ich sitze da und betrachte die Kaskaden der Sweetbriar-Rose und den Lavendelbusch und versuche, mir dazwischen den Safran vorzustellen.
Ich habe das Astgewirr über dem Blumendickicht entfernt, so daß jetzt die Sonne über den Garten wandert. Ich sehe, wo das Sonnenlicht hinfällt, was es berührt. Im Wald rufen Amseln.
Später liege ich unter dem Gewicht von *The Genus Rosa*, schlinge die Arme um den Band auf meiner Brust und drücke ihn an mich. Als ich das Buch früher am Abend durchgeblättert habe, erinnerte mich Ellen Willmott daran, daß klassische Autoren häufig die Sweetbriar-Rose benutzten. Für Shakespeare, Chaucer und Spenser war es die Eglantyne. Auch Milton versuchte sie zu verwenden, verwechselte sie aber mit dem Geißblatt. Ich versuche mich an etwas von Milton zu erinnern, aber es gelingt mir nicht. Und dann fällt mir etwas ein – eine Stelle aus Virgils *Georgica*, und ich weiß, daß ich meine Antwort auf den Safran gefunden habe. Vielleicht ist es nicht die richtige Antwort, nicht das, was ursprünglich gemeint war,

aber sie befriedigt mich, und das, stelle ich unter der gewichtigen Vergewisserung von *The Genus Rosa* fest, ist es, was von Bedeutung sein sollte: Gärten sollen sie locken, wo sie den rötlichen Safran abweiden.

20

Ich stelle The Lumper die Frage, auf die ich eine Antwort haben muß, und dann mache ich mich auf den Weg und finde Jane in den Ställen. Sie striegelt das junge Pferd und wirkt dabei so entrückt, daß ich diesen Moment mit meinen Fragen nicht unterbrechen möchte.

„Jane“, sage ich schließlich, und sie blickt auf.

„Hallo, Gwen“, sagt sie und lächelt.

„In Ermangelung eines Autos brauche ich ein Pferd und einen Wagen“, sage ich. „Würdest du mich in die Stadt fahren?“

„Wozu?“

„Das erzähle ich dir unterwegs.“ Ich fasse in meine Hosentasche, wo ich den Lohn hingesteckt habe, den Mrs. Billings mir letzte Woche als Land Girl ausbezahlt hat. Ich hoffe, es reicht, um zu kaufen, was ich brauche.

„Jetzt erzählen Sie schon“, sagt Jane. Sie legt den Striegel beiseite. „Warum muß ich warten?“

Ich möchte es ihr noch nicht erzählen. „Fahr mich einfach“, sage ich ziemlich ärgerlich.

„Hühner“, sagt Jane. „Sie wollen neue Hühner kaufen.“

Zwei Hühner sind inzwischen aus dem Hühnerstall verschwunden, und die anderen wirken sehr unruhig und legen nicht mehr soviel wie gewöhnlich. „Nein, keine Hühner. Es hat gar nichts mit Hühnern zu tun. Ich erzähle es dir, wenn wir an Ort und Stelle sind“, sage ich, denn

dann werde ich es tun müssen. Aus offensichtlichen Gründen.
„Nun gut." Jane öffnet die Boxentür und kommt zu mir heraus. Sie wirkt so klein und wissend. Ich kenne sie, denke ich, als sie um die hölzerne Tür herumkommt. Nur ein wenig, aber ich weiß etwas über sie. Wir wissen etwas voneinander. Und die Sache ist die, daß ich sie mag, ich mag, was ich über sie weiß. Ich bin mir nicht sicher, ob ich, bevor ich nach Mosel kam, überhaupt jemanden mochte. Ganz kurz Roy Peake, aber das scheint inzwischen so lange her zu sein, und außerdem wurde er rasch zu einer großen Enttäuschung.
„Was ist mit Ihnen los?" fragt Jane. „Sie sehen plötzlich ganz bedrückt aus. Möchten Sie in die Stadt fahren oder lieber hier herumstehen und heulen?"
„In die Stadt fahren", sage ich. Und das tun wir.
Ich bin nervös, als wir bei unserer Rückkehr den Hügel zum großen Haus hinauffahren. Was, wenn meine tolle Idee am Ende doch nicht so gut war? Aber es ist zu spät für nervöse Spekulationen. Wir fahren den Hügel hinauf, und der Karren ächzt unter dem Gewicht der neuerstandenen Ladung.
Niemand antwortet, als ich zaghaft an die Eingangstür klopfe, deshalb treten Jane und ich ins Haus. Im Eßzimmer sitzt ein Soldat und schreibt Briefe. „Captain Raley?" frage ich, und er zeigt nach oben.
„Hören Sie", sagt Jane, als wir wieder im Flur stehen und ich zielbewußt auf die Treppe zusteuere. „Ich treffe Sie draußen. Ich möchte kurz nach David Ausschau halten."
„Bist du dir sicher, daß das eine gute Idee ist?" Mir fällt wieder ein, wie aufgelöst sie hier am Abend der Tanzveranstaltung war.
Jane versucht ein Lächeln, aber es gelingt ihr nicht ganz. „Es ist keine Idee", sagt sie. „Das ist das Problem." Sie berührt

mich leicht am Arm, als wäre ich diejenige, die Vergewisserung braucht. „Ich treffe Sie dann draußen."

Raley ist oben im Arbeitszimmer. Er sitzt am Feuer und liest ein Buch.

„Ich dachte, Sie hätten die Poesie aufgegeben?" sage ich.

„Das habe ich auch." Raley hält mir den Buchumschlag entgegen. *Eine kurze Einführung in die britische Flora.* „Ich dachte, wo ich schon einmal hier bin, sollte ich auch etwas über das Land lernen."

„Kommen Sie. Ich habe Ihnen etwas mitgebracht."

„Ah, Gwen. Herrisch wie gewöhnlich." Raley legt sein Buch beiseite und folgt mir die Treppe hinunter zu Pferd und Wagen, die draußen auf der Auffahrt warten. Auf den nackten Brettern des Karrens, die Wurzeln in Sackleinen gewickelt, liegt die Magnolie, die ich in der Baumschule direkt vor der Stadt gekauft habe.

„Sie hält Schritt mit Ihrem Verlust", sage ich. „Sie brauchen etwas, was Schatten wirft und seinen Duft an die Erde abgibt."

Raley sagt nichts, steht einfach neben mir und betrachtet den Baum, der im Karren liegt.

„Es tut mir leid", sage ich. „In diesem Jahr ist sie schon verblüht." Sie hatte vor einer oder zwei Wochen aufgetrumpft und ihre wachsartigen Blüten dann in prachtvollem Scheitern zu Boden fallen lassen.

Raley schweigt immer noch. Ich habe mir diese Sache so gründlich überlegt, und dennoch muß ich mich geirrt haben. Es war das Falsche. Ich denke an die Nacht in diesem Haus, als er und ich im Türrahmen standen und Jane zusahen, wie sie David die Haare schnitt. Als ich ihn wie eine massive Mauer hinter mir gespürt und mir nichts anderes gewünscht habe, als mich an ihn zu lehnen. „Es tut mir leid", sage ich wieder, denn ich habe das Gefühl, daß ich mich dafür entschuldigen sollte, mir so etwas ausgedacht zu haben.

„Gwen." Er legt mir die Hand auf den Arm, und als ich mich zu ihm umdrehe, sehe ich, daß er kurz davor ist, in Tränen auszubrechen. „Entschuldigen Sie sich nicht. Bitte tun Sie das nicht. Ich liebe Magnolien. Und dort, wo ich herkomme, in Toronto, blühen sie noch nicht." Er drückt sachte meinen Arm. „Mir gefällt, daß sie so traurig sind", sagt er. „Wie traurige Kerzen sehen sie aus. Eine Magnolie ist ein Baum, der von traurigen Kerzen erleuchtet wird."

Raley möchte die Magnolie so pflanzen, daß er sie von seinem Zimmer in Mosel aus sehen kann. Wir graben ein Loch vor dem Haus, direkt unter seinem Fenster. Raley übernimmt größtenteils das Graben, tritt mit seinem ganzen Körpergewicht schwer auf die Schaufel. Ich habe noch nie einen so schönen Mann gesehen. Seine Muskeln bewegen sich wie Wasser unter der Haut.

„Das ist tief genug", sage ich schließlich, obwohl ich ihm gerne länger bei der Arbeit zuschauen würde.

Raley legt die Schaufel am Rand des Lochs ab. Schweiß steht ihm auf dem Gesicht. Er hat die Hemdsärmel aufgerollt, und die Adern auf seinen Unterarmen und seinen Handrücken treten von der Anstrengung des Grabens hervor. Er wischt sich mit dem Arm über die Stirn.

„Eigentlich sollte ich in einer Bank arbeiten", sagt er. „Kommt einem das jetzt nicht merkwürdig vor?" Er erwartet keine Antwort von mir, sieht mich nicht einmal an. „Aber meine Freunde sind in den Krieg gegangen und haben mich davon überzeugt, daß ich wegen meiner Universitätsausbildung als Offizier eine bessere Stelle bekäme." Raley dreht sich nun um und sieht mich an. „Vor der Bank, wo ich eigentlich hätte arbeiten sollen, wuchs eine Magnolie. Ein wundervoller Baum. Ich wäre zweimal täglich daran vorbeigegangen." Raley reibt die Hände aneinander, um die Erde abzuwischen. „Vielleicht hätte ich dabei glücklich werden können. Was meinen Sie, Gwen?" Er wirkt wie ein ängstlicher kleiner Junge, als er das fragt. Ich möchte in das Loch hinunterspringen und ihn umarmen, aber ich erschrecke bei diesem Gedanken und weiche statt dessen zurück und stoße mir an der Magnolie den Kopf an.

„Ich glaube nicht, daß ein Baum Ihrem Leben einen Sinn geben kann", sage ich und reibe meinen Hinterkopf.

Doch darin irre ich mich. Eben diese Magnolie, die wir hier gerade pflanzen, wird beweisen, daß ich mich irre.

„Was ist Ihrem Freund zugestoßen?" frage ich.

Raley starrt in das Loch zu seinen Füßen und stochert mit dem Spatenblatt in der Erde herum. „Er wurde aus Versehen erschossen", sagt er. „Noch bevor wir den Krieg zu sehen bekamen. Wir haben uns beide für den Krieg gemeldet, und er wurde bei einer Übung getötet."

„Und Sie wurden hierhergeschickt." Ich blicke zum Haus hinauf, das so prächtig dasteht, so ganz und gar einem anderen Leben angehört. „Wie lange ist es her?"

„Eine Woche vor dem Tag, als ich Sie am Bahnhof getroffen habe", sagt er. „Wie lange ist das dann her? Einen Monat? Gestern? Hundert Jahre?" Raley stößt die Schaufel in den Erdhaufen, dann springt er plötzlich in das frisch gegrabene Loch und hebt langsam die Arme über seinen Kopf wie Äste.

Wir sehen einander an, und ich nehme die Schaufel und schiebe vorsichtig ein wenig Erde in die Öffnung hinunter. Genug, um seine Schuhe zu bedecken.

Nachdem die Magnolie gepflanzt ist, sitzen Raley und ich auf der Vordertreppe des Hauses in der Sonne und betrachten den neuen Baum; ungefähr so, als warteten wir darauf, daß er vor unseren Augen wüchse, emporsprösse wie ein Baum im Märchen. Hoch hinauf in die Wolken, die Unterseite des Himmels durchbohrend.

„Auf den Plätzen in London, über die ich immer gegangen bin, gab es Magnolien", sage ich und denke daran, daß auf beinahe jedem Platz in Bloomsbury eine Magnolie stand, und verflechte sie in Gedanken miteinander. Jede grüne Seite von einer Magnolie erleuchtet. Wo waren sie jetzt? In Stücke gerissen, vermute ich.

„Vermissen Sie London?“ fragt Raley.

„Mehr als alles andere.“

„Erzählen Sie mir etwas.“

Ich schließe die Augen und denke an den Fluß. Ich denke daran, wie es ist, die Waterloo Bridge zu überqueren und in der Ferne die Lichter von Westminster zu sehen und ganz in der Nähe die Lichter der Hungerford Bridge. Der Fluß ist nachts grau, ein grauer Splitter unter der Brücke. „Manchmal“, erzähle ich ihm, „bin ich bei Ebbe zur Themse hinuntergegangen und habe Teile von alten Tonröhren gesammelt, die an den Pfählen angespült wurden. Es gab so viele von diesen winzigen hohlen Röhrchen. Sie waren wie Vogelknochen. Mir gefiel es, an all diese Menschen zu denken, an diese Männer vor hundert Jahren, die diese Röhren in den Fluß geworfen haben. Mir gefiel es, daß ich inmitten der Geschäftigkeit und des Lärms einer modernen Stadt meinen ganz privaten archäologischen Ausgrabungen nachgehen konnte.“ Ich öffne die Augen und betrachte die Magnolie. Sie scheint tatsächlich gewachsen zu sein. Ich habe all diese zusammengeklaubten Röhrenstücke in meinem Büro in der Royal Horticultural Society zurückgelassen. Ich hatte das bis zu diesem Augenblick vergessen, aber jetzt sehe ich sie deutlich vor mir, auf dem kleinen Regal direkt hinter der Tür, wo sie, ordentlich der Größe nach angeordnet, aussehen wie ein tönernes Miniaturxylophon. „Ich habe Angst, wenn der Krieg bei meiner Rückkehr vorbei ist – falls er vorbei ist –, daß dann alles, was ich liebe, verschwunden sein wird.“

„Ich habe das entgegengesetzte Problem“, sagt Raley und schlingt die Arme um die Knie. „Ich bin mir ziemlich sicher, daß Toronto intakt bleiben wird. Es ist eher wahrscheinlich, daß ich verschwinden werde."

Ich blicke Captain Raley an, der in der Aprilsonne neben mir auf der Treppe sitzt. Er hat diese Art von blondem Haar, das im Sommer weiß ausbleicht. Ich betrachte die feinen Härchen auf seinem Handgelenk, die sauber geschnittenen Nägel, die jetzt, nach dem Pflanzen, voller Erde sind. Das gefällt mir. „Erzählen Sie mir etwas", sage ich.

„Die beste Aussicht auf Toronto", erzählt Raley, „hat man von den Inseln auf der anderen Seite des Hafens. Es gibt eine Fähre, die zwischen den Inseln und dem Festland verkehrt. Dort bin ich Peter, meinem verstorbenen Freund, zum erstenmal begegnet. Wir waren acht Jahre alt. Wir waren beide von unseren Eltern weggewandert auf das Oberdeck, zur Vorderseite des Schiffes. Wir standen an der Reling. Ich werde mich immer daran erinnern. Die Reling bestand oben aus glattem dunklem Holz und war so dick wie mein Bein. Möwen schwebten über den Wellen. Wir standen ohne zu reden nebeneinander, und dann sagte Peter ziemlich feierlich: „Komm, wir ziehen unsere Mäntel aus und lassen sie ins Meer fallen." Natürlich war es nicht wirklich das Meer, aber dieser See ist so groß, daß es sich anfühlte wie das Meer. Und das taten wir. Als meine Mutter uns schließlich fand, waren wir gerade dabei, unsere Hemden auszuziehen." Raley dreht sich lächelnd zu mir um. Ich kann seine perfekten Zähne sehen. Wenn er lächelt, sieht man die Fältchen um seine Augen. Er hat keine Falten auf der Stirn. Alle Falten in seinem Gesicht kommen vom Lächeln, vom Lachen, vom Glücklichsein.

21

Ich liege unter *The Genus Rosa* und stelle mir vor, daß Captain Raley auf mir liegt und mich unter sich erdrückt. Ich nehme vor dem Abendessen ein Bad und beäuge im Badewasser kritisch meinen Körper. Er ist milchweiß wie der einer Nacktschnecke. Niemand hat ihn je wirklich gesehen. Ich hätte ebensogut die ganze Zeit unter der Erde verbringen, dort herumkriechen und mir den Mund mit Erde vollsaugen können. Ich trockne mich grob mit dem steifen, rauhen Handtuch ab, und plötzlich kommen mir meine Füße furchtbar häßlich vor. Warum ist mir das noch nie aufgefallen?
Beim Abendessen drücke ich mein Knie gegen den Tisch und verspüre eine unglaubliche Welle des Begehrens. Als ich meinen Stuhl näher an den Tisch heranrücke, drückt sich die Tischkante in meinen Magen, und ich bekomme kaum noch Luft.
„Was ist los mit Ihnen?" flüstert Jane neben mir.
„Nichts."
„Sind Sie betrunken?"
„Natürlich nicht." Ich sehe sie beunruhigt an. So schlimm ist es doch sicher nicht. „Tritt mir auf den Fuß", sage ich.
„Warum?"
„Tu es einfach."
Jane wirft mir einen nachdenklichen, verwirrten Blick zu, tut aber wie geheißen und stampft mir kräftig auf den Fuß, der ihrem am nächsten ist. Ich schreie auf, und die anderen Mädchen halten in ihren Gesprächen inne.
„Danke", sage ich zu Jane. „Jetzt ist es gut." Und das ist es. Ich habe den einen Schmerz durch einen anderen ersetzt und mein Gleichgewicht zurückgewonnen. Ich verspeise mit neuem Appetit mein Abendessen und esse dann auch noch das meiste von dem von Jane, die keinen Hunger hat.

Nach dem Essen hören wir Kriegsnachrichten. London brennt erneut. In der Nacht waren eine Menge Brandbomben gefallen, und die Brände tobten trotz aller Anstrengungen, sie unter Kontrolle zu bringen. Westminster Hall wurde getroffen und Westminster Abbey und auch die Houses of Parliament selbst. Ich bin sehr dankbar, daß ich nicht dort war, um die Zerstörung dieser vertrauten Wahrzeichen mitanzusehen. Wenigstens kann ich sie in Erinnerung behalten, wie sie waren.

Das andere Thema in den Nachrichten an diesem Abend ist nicht annähernd so deprimierend. Wie es scheint, war Rudolf Hess, der Stellvertreter des Führers, in der Nacht der bisher schlimmsten Bombardierung Londons mit einem Kampfflugzeug unterwegs nach Schottland, um über einen Frieden zwischen seiner Nation und unserer zu verhandeln. Er wurde auf der neunhundert Meilen weiten Reise von zwei Kompassen geleitet, die er sich um die Hosenbeine geschnallt hatte, und von der Tanzmusik eines dänischen Radiosenders. Er war auf der Suche nach dem Haus des Duke of Hamilton, dem er vor Jahren einmal begegnet war, und der, davon war er überzeugt, seine Friedensmission verstünde. Da er mit seinem Flugzeug nicht landen konnte, flog er kopfüber, damit er sich aus dem Cockpit fallen lassen konnte, öffnete seinen Fallschirm und landete auf einem Feld, wo er von einem Bauern in Unterwäsche festgenommen wurde, der vom Lärm des zerschellenden Flugzeugs geweckt worden war.

„Gut zu wissen, daß dieser Krieg auch sie zum Wahnsinn treibt", sagt Jane.

Ich lasse meinen Blick durch das Zimmer wandern und sehe die Mädchen an. Da sitzen wir nun, drängen uns um das Radio wie jede Familie in England. Die Verdunklungsvorhänge hinter uns triefen vor unseren Geschichten. British Queen hat ein Bild ihres Londoner Zuhauses gezeichnet, komplett mit allen Familienmitgliedern in den verschiedenen Zimmern. „Ich vermisse sie", hatte sie gesagt, als sie sie zeichnete, und ich begriff, wie jung diese Mädchen waren und daß es für die meisten von ihnen das erste Mal war, daß sie von ihrem Zuhause und ihrer Familie getrennt waren.

Golden Wonder hat ihr Lieblingsessen gezeichnet, das sich aus Zutaten zusammensetzt, die seit Beginn des Krieges kaum noch erhältlich sind. Es könnte Jahre dauern, bevor sie sich wieder mit Käse vollstopfen kann. Oder mit Dosenmilch. Oder mit Süßspeisen, die mit jeder Menge Zucker zubereitet sind. Sie zeichnet einen Teller mit einem Gericht, und dann zeichnet sie die einzelnen Zutaten darüber und beschriftet sie. Es sieht aus wie ein Schaubild in einer Ernährungsbroschüre.

Salad Blue hat den Londoner Zoo gezeichnet. Das sei der Ort, den sie mehr liebe als alles andere auf der Welt, sagte sie. Niemand fragte, an wie vielen Orten sie gewesen ist. Ihr Löwe und ihr Tiger blicken böse hinter den dicken Kreidestäben ihrer Käfige hervor. Der größte Teil ihrer Zeichnung ist dem Wolf gewidmet, der, im Profil dargestellt, in seinem Gefängnis auf und ab läuft. „Den Wolf mochte ich am liebsten", sagte sie. „Nachts bei Vollmond hat er manchmal geheult. Ein heulender Wolf mitten in London, stellt euch das vor." Salad Blue hatte sorgfältig den Umriß des Wolfs nachgezeichnet, als wolle sie jedes Detail seiner Gestalt richtig wiedergeben. Der weiße Kreidewolf sah beinahe so aus, als ob er gleich losheulen würde, wie er da in Mosel in der permanenten Nacht des Verdunklungsvorhangs umherlief. In die untere Ecke des Wolfskäfigs hatte Salad Blue das Schild gezeichnet, das im Zoo in Regent Park an seinem Käfig angebracht war. „Bitte dieses Tier nicht berühren", heißt es auf dem Schild. „Aber ich habe es getan", sagte Salad Blue stolz, als sie das Schild hinzufügte. „Er hat sich an den Gitterstäben gescheuert, und ich habe ihn hinter den Ohren gekrault wie einen Hund."

Ich erinnere mich an den ersten Tag in Mosel, als ich, auf der Suche nach einem unbesetzten Schlafzimmer, durch die Zimmer der Mädchen gewandert war. Das Zimmer mit dem Plüschhund muß das von Salad Blue gewesen sein.

Victualette Noir zeichnet die Küche vom Hotel ihres Vaters in London. Sie zeichnet sich selbst an allen Arbeitsplätzen. „Das bin ich", sagt sie. „Hier bereite ich eine Pâté zu. Und hier püriere ich Gemüse." Sie kann von allen am schlechtesten zeichnen. Ihre verschiedenen Selbstporträts sehen aus wie eine elektrifizierte Katze, ein Küchengerät wie ein Buchstabe des chinesischen Alphabets.

Nun sind nur noch drei Geschichten übrig, die erzählt werden müssen – die von The Lumper, Jane und mir. Nachdem das Radio ausgeschaltet ist, hält May Queen heute Jane die Schneiderkreide hin. „Du bist dran", schlägt sie vor, aber Jane schüttelt den Kopf, nein.

„Warum nicht?" will Salad Blue wissen.

Jane betrachtet den Abschnitt des Vorhangs, der ihr zugedacht ist. „Mir gefällt er schwarz", sagt sie. „Mir gefällt er, wie er ist."

„Dann mache ich weiter." The Lumper nimmt May Queen die Schneiderkreide aus der Hand. Sie platzt fast wegen ihrer guten Idee. Die ersten Male wirkte sie richtig entsetzt bei dem Gedanken, sie könnte aufgerufen werden, etwas von sich zu erzählen, und nicht wissen, was sie sagen sollte. Aber jetzt weiß sie es. Sie zeichnet fünf lange, parallele Linien. Eine davon verläuft, von The Lumpers Enthusiasmus davongetragen, direkt durch die Wand von Victualettes Hotel und durchbohrt das Gehirn der elektrifizierten Katze, die eine Pâté zubereitet.

„Vorsicht", warnt Victualette. „Das ist mein Kopf."

Doch The Lumper bemerkt ihre Ungeschicklichkeit gar nicht. Ihr Arm beschreibt einen wahrhaft lyrischen Bogen, als sie ihre Linie zeichnet.
„Das ist ein Musikstück, das ich geübt habe“, sagt sie und fängt an, große runde Noten auf die Linien zu tupfen. „Ich kann es nicht sehr gut, aber ich kann es auswendig.“ Sie zeichnet an jede Note einen Notenhals, einen aufwärts gerichteten Schlenker wie ein Flügel.
Es ist seltsam, sich The Lumper beim Klavierspielen vorzustellen, wie sie gelassen auf der Bank sitzt und ihre riesigen Hände in die Tasten greifen.
„Wie heißt das Stück?“ fragt Golden Wonder, und Doris schreibt den Namen des Komponisten, Ravel, und das Wort „Pavane“ unter die Notenzeile. „Es hat einen langen, komischen Namen, den ich nicht aussprechen kann“, sagt sie, „aber er bedeutet ‚Pavane für eine verstorbene Infantin‘.“ Sie steht stolz neben dem Stückchen Musik, das sie auf den Vorhang gezeichnet hat. Ein bißchen Musik, das sie uns gegeben hat, das im Zimmer schwebt, in der Luft, die wir atmen, so lange wir hier sind.
„Klingt es nicht schön?“ fragt sie.

22

Ein weiteres Huhn verschwindet.
„Das muß aufhören“, sage ich beim Frühstück, nachdem Victualette Noir mir davon berichtet hat.
„Nun, sehen Sie nicht mich an“, sagt Salad Blue. „Ich mag keine Hühner. Eier auch nicht, falls Sie es genau wissen wollen.“ Sie wendet sich wieder ihrer Toastscheibe zu und bestreicht sie mit Margarine.
Nach dem Frühstück gehe ich hinaus zum Hühnerstall, um

nachzusehen, ob ich irgendeinen Beweis für das abhanden gekommene Huhn finde. Aber wie die zwei anderen Hühner, die fehlen, ist auch dieses verschwunden, ohne eine Spur zu hinterlassen. Man sieht weder Federn noch Blut, was auf einen Fuchs hindeuten würde. Ich stecke meinen Kopf in den Stall, und die Hühner fangen an zu gackern und zu flattern, als sie meiner ansichtig werden. Haben sie einen Geist gesehen? Wie konnte ich das nur herausfinden? „Tier, Pflanze oder Mineral?" frage ich das nächstbeste Huhn, und es pickt mich in die Hand. Ich ziehe mich zurück und stoße mir oben am Eingang den Kopf an.

„Etwas gefunden?" Die Stimme hinter mir läßt mich zusammenzucken. Es ist Jane. Sie steht auf dem Weg und raucht eine Zigarette.

„Nein."

„Ein Geist", sagt sie ruhig.

„Das ist lächerlich", sage ich und reibe mit der Hand meinen Hinterkopf. Ich werde vermutlich eine Beule kriegen. „Wie kann es ein Geist sein?"

„Glauben Sie nie an etwas, was Sie nicht sehen können, Gwen?"

„Nein." Ich bin ärgerlich, weil ich mir den Kopf angestoßen habe. „Nun, doch." Samen, denke ich. Liebe. „Aber nicht an Geister", sage ich.

Jane wirft ihre Zigarettenkippe auf den Weg. „Geister sind einfach", sagt sie. „Jemanden am Leben zu erhalten, ist schwieriger."

„Tust du das?" frage ich. „Hältst du Andrew am Leben?"

„Ja."

Ich lasse mich aus dem Hühnerstall hinaus und gehe zu Jane auf den Weg hinüber. Heute morgen sieht sie besonders müde aus. Das natürliche englische Licht ist blau. Die ganze Zeit liegt ein leichter blauer Schleier über den

Dingen. Wenn der Himmel dunkel ist, so wie heute, wird das sehr deutlich. Jane sieht erschöpft aus in dem blauen Licht.

„Wie machst du das?“ frage ich. „Ihn am Leben zu halten?“ Ich denke im Augenblick eigentlich mehr an die Hühner; wie ich sie am Leben halten, vom Verschwinden abhalten kann.

„Ich schreibe ihm in Gedanken Briefe. Denke immerzu und überall an ihn. Liebe ihn inständig und absolut. Glaube daran, daß er lebt.“ Jane sieht mich an, und das blaue Licht liegt traurig auf ihrer Haut. „Was kann ich sonst tun?“ sagt sie.

Ich sehe ihre Anspannung, sehe, wie sie versucht, ihren kleinen Körper gespannt zu halten, als wäre er ein dünner, straffer Draht, den sie für Andrew bereithält, damit er darauf balancieren kann. Zu ihr zurück. Es gibt nichts, was ich sagen könnte, um sie zu beruhigen, deshalb lege ich leicht die Hand auf ihren Rücken, und zusammen gehen wir aus dem Garten hinaus.

Im Innenhof begegnen wir May Queen, die unterwegs ist zur Arbeit im Nordgarten. „Habt ihr den Geist gefunden?“ fragt sie.

„Es gibt keinen Geist.“ Wie viele Millionen Male muß ich das noch wiederholen? Am liebsten würde ich mit dem Fuß aufstampfen.

„Ein Geist“, flüstert Jane May Queen zu.

Ich gehe mit Jane bis zu den Ställen, dann lasse ich sie dort zurück und gehe weiter zum Westflügel. Bei all meinem Interesse für den vergessenen Garten habe ich meine häuslichen Pflichten vernachlässigt. Mein Zimmer ist nicht aufgeräumt. Meine Kleider müssen gewaschen werden.

Als ich am Torbogen vorbeigehe, höre ich von der Auffahrt her ein Geräusch. Marschierende Füße. Ich schaue durch den Torbogen und sehe die Kolonne kanadischer Soldaten, von denen jeder einen Rucksack trägt. Sie sind unterwegs den Hügel hinunter. Raley marschiert an der Spitze der Kolonne, führt die Männer an. Er trainiert sie also doch. Ich möchte zu ihm hingehen, doch er sieht nicht, daß ich dort unter dem Torbogen auf dem Pflaster stehe. Den Blick geradeaus gerichtet, marschieren er und die Männer an mir vorbei den Hügel hinunter.

Ich verbringe den Morgen damit, meine Kleider zu waschen. Dann, nachdem ich sie zum Trocknen aufgehängt und das Durcheinander in meinem Zimmer einer neuen Ordnung zugeführt habe, gehe ich in die Küche, stibitze einen Apfel und ein paar Kekse und mache mich auf in den Garten. Es ist ein grauer, windiger Tag. Der Himmel scheint tief genug zu hängen, daß man ihn berühren könnte. Während ich mich im Haus aufhielt, hat es geregnet. Ich gehe durch den Obstgarten. Die Obstbäume blühen. Sie lassen ihren Duft auf mich herabregnen, als ich unter ihnen hindurchgehe. Ich denke an den Garten der Sehnsucht, an die Sweetbriar-Rose und ihren Duft nach Äpfeln, wenn sie naß wird. Wollte die Person, die den Garten anlegte, etwas über den Obstgarten aussagen? War die Bepflanzung des Gartens so etwas wie eine Landkarte? Doch je mehr ich den Garten und seine Verbindungen erforsche, desto verschwommener wird die Grenze zwischen der Geschichte des Gärtners und meiner eigenen. Einen Garten anlegen heißt, eine Reihe von Entscheidungen zu treffen, und die Interpretation dieser Entscheidungen führt wiederum zu einer Reihe von Entscheidungen. Ich muß mehr über die Person erfahren, die diesen Garten angelegt hat, oder ich werde keine weiteren der dabei getroffenen Entscheidungen entschlüsseln können.

Ich gehe am Apfelspalier an der Mauer des Obstgartens entlang. Die knorrigen Äste greifen nach mir. Doch sie sind zu lange entlang der Mauer gezogen worden. Sie brauchen diese Struktur und diese Stütze. Auch wenn sie von den Drähten losgeschnitten würden, würden sie an den Steinen entlang weiterwachsen.

Ich biege um die Ecke der Mauer, lasse den Obstgarten hinter mir und betrete den Eibengang, als ich plötzlich etwas Riesiges über mir entdecke. Einen Engel. Einen grünen Engel. Eine der mächtigen Eiben wurde in der Form eines Engels beschnitten. Der Körper ist schlank, weitet sich an der Basis. Die Flügel sind riesig, wachsen aus den Schultern heraus, zwei majestätische grüne Schwingen. Der Kopf ist rund und gesichtslos, nur dazu da, dem Ganzen Gleichgewicht zu verleihen. Die Flügel sind der überwältigende Aspekt an dieser lebenden Skulptur.

Ich stehe davor. Jenseits dieses Baumes in Engelsgestalt liegt mein vergessener Garten. Doch nein, ich schlüpfe durch die Hecke und betrachte den Engel von hinten. Er steht am Waldrand, eine der ersten Eiben am Weg. Der Garten blieb für denjenigen, der die Eibe beschnitt, unsichtbar.

Als ich wieder in den Stall zurückkomme, streut Jane den Pferden gerade frisches Stroh ein. Sie wendet mir den Rücken zu.

„Wozu dient er?“ frage ich sie.

„Woher wissen Sie, daß ich es war?“ sagt sie, ohne ihre Arbeit zu unterbrechen.

Woher ich wußte, daß sie es war? „Ich bin gar nicht auf die Idee gekommen, daß es jemand anders hätte sein können“, sage ich, „niemand sonst kennt mich so gut.“ Ich möchte sagen, niemand sonst kümmert sich so um mich, aber was, wenn das gar nicht stimmt und Jane mich nur bei Laune halten will, weil die anderen sie langweilen?

Jane sticht mit der Mistgabel in den Strohhaufen. Die Scheune wirkt sehr ruhig und still, da die Tiere draußen im Südgarten weiden. „Kommen Sie mit“, sagt sie.

Wir stehen im Eibengang unter dem grünen Engel. Die Sonne blitzt hervor und bescheint einen Flügel.
„Bisher habe ich immer nur Haare geschnitten", sagt Jane und blinzelt zu dem Engel empor. „Aber er ist nicht schlecht, oder?"
„Wozu dient er?" Ich verstehe immer noch nicht, warum Jane an einem ganz gewöhnlichen Morgen hingehen und diese Hecke in eine himmlische Gestalt verwandeln sollte.
„Er ist für Sie", sagt sie einfach. „Um Ihnen Gesellschaft zu leisten. Ich weiß, daß Ihre einsamen Missionen Sie immer hier herunter in die Nähe des Obstgartens führen." Jane streckt die Hand aus und berührt eine Flügelspitze. „Ein Wachposten", sagt sie. „Jemand, der auf Sie aufpaßt, damit Sie sich nicht einsam fühlen."
Ich sehe zu dem Engel hinauf. Ich weiß nicht, was ich sagen soll. Ich hoffe, daß Jane den Garten hinter der Hecke nicht gesehen hat. Aber vielleicht würde sie sich nicht viel dabei denken, auch wenn sie ihn gesehen hätte. Er besteht aus einer merkwürdigen Ansammlung von Pflanzen, und die Worte, die den Garten definieren, ihm einen Kontext verleihen, sind nicht ohne weiteres sichtbar, da sie am Rand des Beetes in die Erde gerammt sind.
„Warum ein Engel?" frage ich.
„Nun, einen Geist kann ich schlecht darstellen", sagt sie. „Das wäre optisch nicht besonders beeindruckend." Sie sieht mich an. „Gefällt er Ihnen nicht?"
Es ist nicht, daß er mir nicht gefiele. Es hat etwas Schönes, wie diese massive Hecke plötzlich zu etwas anderem wird. Wie eine schweigende Menschenmenge, in der plötzlich jemand zu singen anfängt. Das ist es also nicht. Es ist eher, daß ich nicht weiß, was ich nun von Jane halten soll.
„Nun", sagt Jane. „Es war eine Herausforderung zu sehen, ob ich aus all diesem Grün etwas schaffen könnte. Das

ist alles.“ Sie wendet den Blick ab. Ich habe mir mit der Antwort auf ihre Frage zu lange Zeit gelassen.

„Er gefällt mir sehr“, sage ich, aber dafür ist es jetzt zu spät. Es klingt völlig unaufrichtig.

„Die Sache mit Engeln ist die“, sagt Jane, „daß sie Gedanken lesen können.“

Ich versuche, an nichts zu denken. Die Sonne verschwindet hinter einer Wolke. Der Lichtfleck hebt sich vom Flügel des Engels.

„Andrew und ich haben immer über Engel diskutiert“, sagt Jane. „Als wir an der Universität Philosophie studiert haben.“

Das überrascht mich. Ich war davon ausgegangen, daß Jane wie die anderen Mädchen aus der Arbeiterschicht stamme.

„Ich wußte nicht, daß du an der Universität warst. Ich dachte, du seist in London Friseuse gewesen?“

„Das war danach.“

„Wonach?“

Jane fischt eine Zigarette unter ihrem Pullover hervor. Sie hat ihren ganzen Lohn von der Land Army für Gold-Flakes-Zigaretten ausgegeben. Als wir wegen der Magnolie in die Stadt fuhren, ließ sie sich ihren Lohn auszahlen und tauschte ihn gegen Zigarettenpäckchen. „Die Universität hat mich ein bißchen überwältigt“, sagt sie. „Ich mußte aufhören hinzugehen.“

„Was meinst du mit ‚überwältigt‘?“

Jane zündet ihre Zigarette an. „Meine Nerven waren sehr angespannt. So wurde es damals genannt.“ Sie blickt mich an und bläst einen Schwall Rauch aus. „Ein Zusammenbruch, Gwen“, sagt sie. „Ich hatte einen Zusammenbruch.“

Der Engel betrachtet uns streng von oben herab aus der Hecke.

„Warum?“ frage ich. „Was ist passiert?“

„Ich habe festgestellt, daß ich nicht die intelligenteste Person dort war, und mit diesem Wissen konnte ich einfach nicht weitermachen. Es ließ alles irgendwie vergeblich erscheinen.“ Jane sieht mich an. „Das klingt ziemlich mitleiderregend, nicht wahr? Aber ich muß ganz dicht an den Dingen dran sein, unmittelbar dran. Ohne Lücken. Und wenn ich nicht direkt am Wissen dran sein konnte, dann existierte ich nicht. So ist das mit mir.“

Das ist eine schwere Art, zu leben und zu empfinden, denke ich. Ich kann mir nicht vorstellen, so am Rand meiner Nervenkraft zu leben. Und am Rand meiner Möglichkeiten. Ich mußte nie in irgend etwas die Beste sein. Ich konnte nie in irgend etwas die Beste sein. Ich bin mit Sicherheit nicht die beste Gärtnerin und bin es nie gewesen, auch wenn ich ein instinktives Verständnis für Pflanzen habe. Das weiß ich.

„Erzähl mir etwas über Engel“, sage ich.

Jane streicht sich eine Haarsträhne aus den Augen und blickt zu ihrer in Form geschnittenen Gestalt auf. „Das wird Ihnen gefallen“, sagt sie. „Im dreizehnten Jahrhundert gab es eine theologische Debatte, ob alle Engel derselben Spezies angehören oder ob jeder Engel eine eigene Spezies darstellt.“ Sie sieht zu mir herüber. „Ein großes Geheimnis. Der Genus Angelus.“

23

Meine Mutter war sehr schön, sogar noch als sie im Sterben lag. Sie hatte zur Bühne gewollt und meinetwegen nicht gekonnt, doch der Wunsch war geblieben und Teil ihres Wesens geworden. Wo auch immer sie war, es war stets, als würde sie gleich auf die Bühne gerufen, um ihren

Text aufzusagen. Sie war immer von einer Aura der Erwartung umgeben. Der Vorfreude auf den Applaus.
Es gibt viele Möglichkeiten, eine Geschichte zu erzählen. Im Gegensatz zu etwas. Mit Mitgefühl. Indem man etwas ausläßt. Indem man etwas hineinnimmt.
Meine Mutter war schön. Ich war immer unscheinbar. „Wie konnte ich ein solches Geschöpf hervorbringen?" fragte sie mehr als einmal. An manchen Tagen sperrte sie mich aus dem Haus, weil sie es nicht ertrug, mich anzusehen. Ich spielte im Garten zwischen den blauen und weißen Blumen; dieselben Farben, die meine Mutter bei ihren Kleidern liebte. Manchmal rannte ich im Haus hinter ihr her, fürchtete mich, wenn sie ohne mich aus dem Zimmer ging. Ihre fließenden blau-weißen Kleider flatterten vor mir her wie eine Signalflagge.
Meine Mutter war schön. Von dieser Tatsache werde ich nie loskommen. Wenn es über meine Mutter etwas zu sagen gibt, dann ist es das. Und welche Entscheidungen ich auch immer treffe, um die Geschichte meiner Mutter zu erzählen, dies ist der Boden, auf dem sie wuchsen. Meine Mutter war schön.
Niemand weiß, warum sie meinen Vater heiratete, einen wesentlich älteren Freund ihres Vaters. Geld? Sicherheit? Die Vorstellung, daß die Sicherheit einer solchen Ehe ihr die Möglichkeit verschaffen würde, ihren künstlerischen Ambitionen nachzugehen? Er hatte einmal zu ihr gesagt, sie habe „dramatische Arme". Was sie über diese Ehe zu mir sagte, war: „Es war ein Moment der Schwäche." Und ich wußte immer, daß ich das Produkt dieser Schwäche war. Meine Mutter wurde schwanger. Mein Vater starb. Alle ihre Hoffnungen, Schauspielerin zu werden, waren damit zunichte.
Der Moment tut sich auf. Der Moment ist vorüber. Da ist Sonnenlicht. Da ist Frost. Da ist der kurze Gedanke an eine Rose inmitten des Unkrauts.

Ich dachte, wenn ich meine kranken Pastinaken im Labor der Royal Horticultural Society heilen könnte, könnte ich den Krebs meiner Mutter heilen. Ich wußte, daß es zwischen diesen beiden Dingen keine wirkliche Verbindung gab, doch ich hatte das Gefühl, es gäbe eine. Instinkt und Wunsch. Wie man sie voneinander trennt.

Häufig ging ich nicht zu meiner Mutter ins Krankenhaus, um statt dessen nachts im Labor zu bleiben, auf meine Pastinakengefäße zu starren und detaillierte Notizen anfertigen zu können, die schließlich nur den Tod katalogisierten. Alles, was ich in Wirklichkeit tat, war, ihnen beim Sterben zuzusehen.

„Du kümmerst dich nicht um mich", flüsterte meine Mutter, wenn ich hinging und sie besuchte. Doch dieser Refrain an der Schwelle des Todes war auch der Refrain ihres Lebens. Sie sagte ihn zu Metzgern und Taxifahrern, zu Verkäufern und Kellnern. Und immer zu mir. Ich tat mein Bestes. Wirklich. Aber was konnte ich meiner Mutter geben, das wiedergutgemacht hätte, daß ihr durch meine Geburt, meine Existenz das Leben versagt war, das sie sonst hätte führen können?

Meine Mutter sperrte mich aus dem Haus, und die Liebe, die sie mir verweigerte, wurde mein Beruf. Der Garten wurde mein Zuhause. Ich legte mich rücklings neben den Beeten ins Gras, benannte die Blumen, die in der Sonne hoch neben mir aufragten. Phlox. Fingerhut. Stockrosen. Jeder Name ein Wort, das etwas öffnete. Ich lag neben den Blumen auf dem Rücken. Ich wußte, was man tun mußte, um für sie zu sorgen. Das war leicht zu lernen. Die einfachen Aufgaben, die nötig waren, um den Garten zum Wachsen und zum Gedeihen zu bringen, waren leicht zu meistern und immer wirkungsvoll.

Es gibt viele verschiedene Geschichten zu erzählen. Es sind nie dieselben. Jeden Tag wird das Wetter herangeblasen

und wieder fortgeweht, verändert es die Oberfläche. Manchmal ist es auf eine einzige, essentielle Wahrheit reduziert, auf das, was immer geglaubt wird, egal was kommt. Die Samen, aus denen der Garten entstanden ist.
Meine Mutter war schön.
Ich habe ihr Leben ruiniert.

24

Der Garten des Verlustes blüht im Mai. Er ist einfacher aufgebaut als der Garten der Sehnsucht. Er beherbergt weniger Arten, dafür mehr Exemplare der einzelnen Pflanzen. Er liegt in der Mitte der drei Gärten, und seine Blüte beginnt mit einer großen, überschäumenden Woge aus Pfingstrosen. Die Blüten sind weiß und blaßrosa und stehen im Moment noch aufrecht da, riesige, leuchtende Schilde, von grünblättrigen Tuniken geschmückt. Aber bald werden die Köpfe für die dünnen, unkrautartigen Stengel zu schwer sein, auf denen sie sich so hoffnungsvoll erheben, und die Pfingstrosen werden in einer Woge der Trauer zu Boden stürzen. Sie sind sich selbst zuviel, und bald werden sie es wissen. Ich habe Pfingstrosen immer geliebt. Es liegt etwas beinahe Heroisches in ihrem rückhaltlosen Zusammenbruch. Und es gibt nichts Traurigeres als eine Gruppe gefallener Pfingstrosen mit vom Regen aufgeweichten Köpfen.
Je mehr Zeit ich damit verbringe, über diesen Garten nachzudenken und mich um ihn zu kümmern, desto größer wird mein Respekt für den Menschen, der ihn angelegt hat. Was er über die Sehnsucht wußte, war, daß sie in merkwürdigen Momenten aus der Erde aufsteigt, ungeplant und unerwartet und in unterschiedlicher Gestalt. Verlust dage-

gen ist gleichförmiger. Er wallt auf und trägt einen mit sich fort. Verlust ist ein Chor. Verlust ist Harmonie. Er kämpft sich himmelwärts. Er stürzt zur Erde.

Das Schild „Verlust" ist an einem Holzpfahl angebracht, der vor der niedrigen Pfingstrosenmauer in die Erde gerammt ist. Das Wort ist vertikal geschrieben.

Hinter den Pfingstrosen stehen Gruppen violetter Iris. Es gibt viele Irisarten, und ich muß ein Exemplar mit in mein Zimmer nehmen, um es anhand meiner Nachschlagewerke zu identifizieren. *Iris graminea.* Diese Iris liebt halbschattige Laubböden, wodurch sie gut geeignet ist für dieses Blumenbeet, das aus dem Wald, der es umgibt, herausgeschnitten wurde. Was diese Iris von anderen unterscheidet, ist, daß die Blüten nach Pflaumen duften. Nachdem ich das in meinem Buch gelesen habe, denke ich an die Sweetbriar-Rose mit ihren nach Äpfeln duftenden Blättern. Das ist sicherlich kein bloßer Zufall. Da ich gesehen habe, wie sorgfältig dieser Garten bepflanzt wurde, muß ich annehmen, daß zwischen den beiden Pflanzen eine Verbindung besteht und daß sie auf etwas anderes hinweisen, etwas, was ich nicht kenne. Etwas, was außerhalb der Begrenzungen dieses Gartens liegt.

Ich gehe durch den Obstgarten. Die Apfelbäume sind gerade am Verblühen. In der Nähe der Steinmauer stehen einige Pflaumenbäume. Ich stelle mich darunter. Ich gehe um sie herum, suche ihre Rinde und ihre Äste nach Beweisen ab. Doch ich finde nichts. Vielleicht habe ich auch einfach etwas übersehen, weil ich nicht weiß, wonach ich suche. Ich blicke zwischen den knorrigen Zweigen hindurch auf den Fleck blauen Himmels über mir. Haben sich hier Liebende getroffen? War es das? Warum konnte ich nicht in diese Baumkrone hinaufblicken und sämtliche Wörter, die je unter ihr gesprochen wurden, in der violetten Rinde eingraviert sehen? Die Natur ist ein stummer Zeuge und deshalb für mich jetzt völlig unzuverlässig.

Was ich aus dem Studium des Gartens nicht herauslesen kann, ist, ob er angelegt wurde, um an jemanden oder an etwas zu erinnern oder um ihn jemandem zu zeigen. War er für jemanden bestimmt? Und für wen?

Es gibt eine letzte Pflanze in diesem Garten des Verlustes. Sie ist nicht annähernd so dramatisch wie die anderen beiden. Ein unregelmäßiges Büschel Fingerkraut, das neben den majestätischen Irisstauden wächst. Doch dieses Fingerkraut bringt mich dem unsichtbaren Gärtner näher denn je und läßt unsere Verbindung gewisser und beunruhigender werden. Die botanische Bezeichnung für diese Blumen ist *Potentilla nepalensis*. Aber für gewöhnlich werden sie „Miss Willmott" genannt, nach Ellen Willmott, der Verfasserin von *The Genus Rosa*.

25

Ellen Willmott war von Kind an Gärtnerin. Als Tochter wohlhabender Eltern verfügte sie über die Mittel, ihrer Leidenschaft zu frönen und alle ihre fruchtbaren Pläne zu verwirklichen. Außerdem erbte sie das Anwesen der Familie, Warley Place, wo sie viele ihrer Gartenträume in die Tat umsetzte. Unverheiratet, wohlhabend und von Leidenschaft getrieben, führte sie ein freies und erfülltes Leben. Ein beneidenswertes Leben.

Miss Willmott verbindet eine lange Geschichte mit der Royal Horticultural Society, und aus diesem Bereich ihres Lebens stammt meine Beziehung zu ihr. Sie war lange Jahre Mitglied des Narzissen- und Tulpenkomitees und erlangte ersten Ruhm für ihre Narzissenzüchtungen und

-kreuzungen. Im Gardening College und später, als ich bei der Royal Horticultural Society arbeitete, hörte ich oft, wie man sie als „größte Gärtnerin aller Zeiten" bezeichnete. Als „Schippendame".

Das Fingerkraut im Garten des Verlustes ist nicht die einzige Pflanze, die nach dieser berühmten und enthusiastischen Gärtnerin benannt ist. Es gibt Dahlien, Narzissen, eine Pfingstrose, Lilien, Rittersporn, Iris. Und da sind die Rosen, die ihren Namen tragen, denn Rosen waren ihre wahre Leidenschaft. Rosen waren neben all den anderen Blumen, die sie pflegte und kultivierte, die, die sie wahrhaftig liebte.

The Genus Rosa legt Zeugnis ab von Ellen Willmotts Passion für Rosen. Ein ungeheuer ehrgeiziges Unternehmen, das ein umfassendes Verzeichnis aller existierenden Rosen vorsah, einschließlich der genetischen Erscheinungsform jeder Rose, ihrer Abstammung und ihrer Verwandtschaft. Alle bekannten botanischen und historischen Einzelheiten sollten in diesem Opus magnum vereint sein. Ihr schwebte ein universelles Werk über die Spezies Rose vor.

Es war von Anfang an ein mühseliges Unterfangen. Miss Willmott begann damit 1901, im Alter von dreiundvierzig Jahren. Es gab Probleme bei der Zusammenarbeit mit ihrem Illustrator, der ihrer Ansicht nach nicht immer das Idealexemplar der jeweiligen Rose zeichnete. Sie hatte Schwierigkeiten, einen Verleger zu finden, der in ein solch riesiges und kostspieliges Unternehmen zu investieren bereit war. Es endete damit, daß sie die Herstellungskosten zum Teil selbst übernahm. 1910 erschien der erste und 1914 der zweite Band. Die ersten Verkäufe waren enttäuschend, und der Ausbruch des Krieges bedeutete das Ende für das ganze Projekt. Ellen Willmott, die niemals sparsam gewesen war, ging wegen des Krieges und ihrer Unfähigkeit, ihre Extravaganz zu zügeln, bankrott. Zwar gelang es ihr,

ihr Haus zu retten, doch sie verkaufte vieles, was sie besaß, und konnte sich nicht einmal mehr einen Gärtner leisten, so daß das ehemals gepflegte Gelände von Warley zu einem ruinierten Paradies verkam.

Manchmal ist die Leidenschaft unser Untergang.

So ist es eben mit den Rosen: Ellen Willmott schaffte es nicht – und niemand könnte das je allein –, sie alle aufzuspüren, in Kategorien einzuteilen und auf einer Seite festzuhalten. Sie waren ständig in Bewegung, änderten Namen und Verbindungen, weigerten sich stillzuhalten. Die Rosen wuchsen immer weiter, sogar auf dem Papier. Sie waren eine lebende Sprache. Und Ellen Willmott hatte keinerlei Hoffnung, sie jemals zu fassen.

The Genus Rosa ist voller Rosennamen, die im Original durchgestrichen und durch einen neuen, über die ursprüngliche Bezeichnung geschriebenen ersetzt sind. Miss Willmott hatte ihr ganzes Leben in den Dienst der Rose gestellt, und die Erkenntnis, daß diese scheinbar einfache Aufgabe des Klassifizierens unmöglich war, muß niederschmetternd gewesen sein. Sollte nicht das Verständnis der Materie zu ihrer Beherrschung führen? Möchten wir das nicht gerne glauben? Erklären wir so nicht unser ganzes Leben?

Was ich an der Spezies Rose so sehr liebe, ist, daß sie sich über all das hinwegsetzt. Das sie sich sogar von jemandem, dessen Liebe so hingebungsvoll und unerschütterlich war wie die von Miss Willmott, nicht für menschliche Hände, für die menschliche Welt zähmen ließ.

Gegen Ende ihres Lebens – sie muß damals Mitte siebzig gewesen sein – hielt Ellen Willmott in der Royal Horticultural Society eine Vorlesung, an der ich teilnahm. Sie war zu diesem Zeitpunkt Mitglied des Lilienkomitees, und der Vortrag handelte von Lilien. Dorthin ging ich an jenem Abend, als ich durch London spazierte und der geisterhaften Gestalt Virginia Woolfs über den Tavistock Square folgte.

Eine Geschichte über Ellen Willmott, die weder sehr bekannt ist noch besonders beachtet wird, ist die, daß die innigste und wichtigste Beziehung ihres Lebens die zu ihrer jüngeren Schwester war. Diese Schwester hieß Rose.

Die Sprache der Rosen verändert sich wie Sand unter unseren Füßen. Sie wird vom Wind herangeweht und davongetragen. Sie trägt den Duft der Blüten mit sich, der sich dann verflüchtigt. *Rugosa. Canina. Arvensis.* So lernen wir, über etwas zu sprechen, was im Begriff ist zu verschwinden, sobald wir es beim Namen nennen. Es ist ein Trick, ein falscher Trost. *Humilis.* Sie umschreibt, was wir glauben, wissen zu müssen, und wie wir glauben, dies tun zu müssen. *Involuta.* Das ist es, wo wir hinwollen, dieser Name, und dort bleiben, sicher festgehalten für alle Zeit. *Inodora. Alba. Sancta.*

26

Den Mädchen gehen die Aufgaben aus. Die landwirtschaftliche Arbeit, die sie anfangs so erschreckt hat und der sie sich so heftig widersetzt haben, wurde mit alarmierender Tüchtigkeit und Geschicklichkeit erledigt. Der Nordgarten ist bestellt und mit Kartoffeln bepflanzt. Der Küchengarten wird voll bewirtschaftet. Als ich dem ummauerten Bereich einen meiner seltenen Besuche abstatte, finde ich die Mädchen in Unterwäsche auf Decken ausgestreckt ein Sonnenbad nehmen. Mein Oberleutnant, The Lumper, schläft tief und fest auf einer Bank neben den Stangenbohnen. Die Mädchen beäugen mich mit müdem Widerstreben, als ich über ihre gestrandeten Körper hinweg auf Doris zustapfe.

The Lumper ist zu groß für die Bank. Ihre Unterschenkel und Füße hängen über den Stein herab, so daß ihr Körper die Umrisse der Bank nachzeichnet und sie selbst eine Art fleischige Bank geworden ist. Ich rüttle sie an der Schulter, und sie schreckt auf.

„Oh“, sagt sie und bemüht sich, sich aufzusetzen. „Ich muß eingedöst sein. Es ist sehr heiß heute. Ich bin sicher, es war nur ganz kurz. Davor habe ich Pflanzen zurückgeschnitten.“ Eine Gartenschere ist nirgends zu sehen.

„Es ist schon gut“, sage ich. „Ich weiß, daß es jetzt nicht viel zu tun gibt. Ich muß mich darum kümmern. Aber zuerst“, ich setze mich neben sie auf die Bank, „zuerst muß ich dich um einen Gefallen bitten.“

„Was?“ Sie sieht mich erleichtert an. Doris ist ständig in Sorge, daß sie in Schwierigkeiten geraten könnte. Ich dachte, die Verantwortung für die anderen würde ihr helfen, aber die Autorität bekommt ihr nicht sehr gut. Sie wirkt meistens gereizt, außer an jenem Abend, als sie ihr Musikstück auf den Verdunklungsvorhang schrieb. Damals schien sie glücklich. „Im Haus gibt es ein Klavier“, sage ich. „Vielleicht könntest du darauf üben. Ich habe niemanden sonst gesehen, der es benutzt.“ Meist war ich dort, um Raley zu treffen, und habe mich um nicht viel mehr gekümmert.

„Möchten Sie, daß ich das Infantinnenstück für Sie spiele?“ Doris sieht mich argwöhnisch an.

„Nein, nein.“ Ich denke jetzt an Raley, muß meine Gedanken von ihm losreißen und nach dem Grund suchen, warum ich Doris heute sprechen wollte. „Es geht nicht um Musik“, sage ich. „Ich möchte, daß du deinen Vater bittest hierherzukommen. Wirst du das tun? Ich habe ein paar Fragen zu Mosel, die er vielleicht beantworten kann.“

„O ja“, sagt Doris. „Er hat mich das selbst schon gefragt. Ich glaube, er würde sich liebend gerne umsehen.“

„Gut. Ich überlasse das dann dir.“ The Lumper mag nicht besonders gut darin sein, Autorität auszuüben, aber sie ist gut darin, Befehle auszuführen. Ich blicke zu den anderen Mädchen hinüber, die in der Sonne dösen. „Ihr könntet eines tun“, sage ich, „was wahrscheinlich nicht auf großen Widerstand stoßen wird, nämlich den Speisesaal für den Tanz heute abend schmücken. Das wird ihr träges Fleisch auf Trab bringen.“ Nun sind die Soldaten an der Reihe, uns in unserer bescheidenen Behausung zu besuchen, und ich weiß, daß das ein Ereignis der näheren Zukunft ist, auf das die Mädchen sich freuen.

„In Ordnung“, sagt Doris zweifelnd.

„Sie werden es gerne tun“, sage ich und stehe von der Bank auf. „Es wird kein bißchen so sein, wie wenn du sie zum Zurückschneiden der Pflanzen aufforderst.“ Ich überlasse sie dem Kampf mit ihrer Angst, wie sie diesen Befehl erteilen soll, und kehre in den Garten des Verlustes zurück.

Ich hoffe, daß Doris' Vater sich klar und lebhaft daran erinnert, wie das Anwesen vor dem Ersten Weltkrieg aussah. Daß er sich an die Männer erinnert, die hier angestellt waren, an Einzelheiten ihres Charakters und ihres Lebens. Und daß er mir genug wird erzählen können, damit ich herausfinden kann, wer diesen Garten des Verlustes angelegt hat. Und warum. Es ist inzwischen unmöglich für mich, mich mit der Anonymität des Erschaffers abzufinden. Ich werde keine Ruhe geben, bis ich alles herausgefunden habe, was es zu wissen gibt. Vielleicht, denke ich überrascht, bin ich im Begriff, mich zu verlieben.

The Lumper hätte sich keine Sorgen zu machen brauchen. Die Mädchen dekorieren den Speisesaal nur allzugern für den Tanz mit den kanadischen Soldaten. Sie haben mit Kreide Sterne und einen Mond auf die Verdunklungsvorhänge gemalt. Tische und Stühle sind beiseite geräumt, um eine Tanzfläche von großzügigen Ausmaßen zu schaffen.

Als ich eine Stunde vor Ankunft der Männer in den Saal komme, sieht er wunderbar aus. Jemand hat sehr hübsch ein paar geflochtene Zweige über dem Kaminsims arrangiert. Der Fußboden ist gefegt.

Die Mädchen sind alle verschwunden, um ein Bad zu nehmen und sich für den Abend umzuziehen. Ich stelle die Blumen mit dem Eimer, in dem ich sie mitgebracht habe, in den Kamin. Ich habe im Garten des Verlustes ein paar rosafarbene und weiße Pfingstrosen geschnitten. Sie sehen weich aus im sanften Licht dieses Zimmers, beinahe buttrig.

Wird Raley kommen? Es wäre dumm von mir zu glauben, er würde jemals mit mir tanzen; aber wird er kommen und in diesem Zimmer mit den weißen Sternen neben den weich leuchtenden Blumen stehen?

Die meisten der Mädchen haben eigene Kleider mitgebracht, Kleider, die für einen solchen Abend besser geeignet sind. May Queen besitzt sogar ein schönes blaues Kleid aus der Schneiderei, in der sie einmal gearbeitet hat. Nur Doris und ich tragen die vorschriftsmäßigen Hosen und Hemden von der Land Army. Sogar Jane trägt mehrere ihrer eigenen Pullover über ihrer Latzhose. „Ich friere dauernd", antwortet sie auf meine Bemerkung, sie müsse kochen unter all diesen Schichten.

In Wahrheit ist die Uniform der Land Army schicker als meine gewöhnlichen Kleider. Ich kenne The Lumpers Begründung nicht, doch ich vermute, daß ihr die Uniform gefällt und sie sie am liebsten die ganze Zeit über tragen möchte. Wahrscheinlich schläft sie mit der grünen Armbinde.

Wir hören die Musik schon, bevor die Männer zu sehen sind. Sie haben das aufziehbare Grammophon mitgebracht und spielen es auf der Straße, die vom Haus herunterführt. Wir stehen ganz still da und nehmen das Näherkommen der Soldaten wahr als dünne Melodie, die sich durch die

Dunkelheit zieht. Beinahe wie Vogelgesang, und wie bei Vogelgesang lauschen wir aufmerksam, denn wir wissen nicht, wann es aufhören mag.

Raley kommt. Er führt die Parade von Männern und Grammophon die Steintreppe hinauf in den Speisesaal. Er sieht schön aus. Ich weiß, daß man so nicht von einem Mann denkt, es ihm noch weniger sagt, aber er sieht schön aus. Einfach schön.

Ein paar der Soldaten kenne ich noch nicht von der letzten Tanzveranstaltung. Neuzugänge zu der Gemeinschaft im großen Haus. Anfangs halten sie sich schüchtern zurück, aber das hält nur so lange an, bis der Tanz beginnt. Die Soldaten sind den Mädchen gegenüber mindestens dreifach in der Überzahl, und während die Mädchen tanzen, steht immer eine Gruppe Männer herum und raucht.

Jane tanzt nicht. Sie und David sitzen so weit wie möglich von den anderen entfernt an einem Tisch.

„Es sieht schön aus", sagt Raley. Er steht plötzlich neben mir. Ich spüre die Hitze seines Körpers. „Mir gefallen die Blumen", sagt er. „Sie sehen aus wie ein Versprechen, nicht wahr? Wie weiche Versprechen hier in diesem verdunkelten Zimmer."

„Sind Sie sicher, daß Sie von der Poesie abgekommen sind?" frage ich.

Er lacht und reicht mir seinen Flachmann. „Na los, Gwen", sagt er. „Seien Sie ein Teufel."

Ich nehme einen heißen Schluck Alkohol. Whisky? Brandy? Ich bin es so wenig gewohnt zu trinken, daß ich mir nicht ganz sicher bin, was es ist. Aber was immer es ist, ich spüre sofort, wie mir heiß wird. Ich erinnere mich an den verheerenden Abend mit dem Tulpen- und Narzissenkomitee und habe das Gefühl, daß ich Raley vor den möglichen Konsequenzen, mich mit Alkohol zu versorgen, warnen muß. „Ich werde wahrscheinlich sehr ernst", sage ich,

„und es besteht die Möglichkeit, daß ich Pastinaken erwähnen werde. Mehr als einmal."
Raley lacht erneut. „Sie sind heute abend gut in Form", sagt er. „Ich hatte keine Lust, zu dieser Veranstaltung zu kommen, aber Sie haben mich mit dem Abend versöhnt." Er reicht mir wieder die Flasche, und ich nehme dankbar einen Schluck.
Es gibt einen großen Applaus, und wir beobachten beide, wie May Queen die ganze Länge des Tisches entlangtanzt und wieder zurück. Erneuter Applaus, und dann springt sie vom Tisch in die Arme eines großen, dunkelhaarigen Mannes. Er fängt sie geschickt auf, schwenkt sie herum und setzt sie sanft auf dem Boden ab.
„Tanzende Dummköpfe", sagt Raley. Es klingt beinahe verächtlich.
„Tanzen Sie nicht?" Ich bin enttäuscht. Ich hatte zwar versucht, mir keine Hoffnungen zu machen, habe es aber dennoch getan. Ich hatte gehofft, daß Raley mich zum Tanz bitten würde, besonders da er meine Gesellschaft so zu genießen schien.
Raley hält mir wieder seinen Flachmann hin. Ich sollte es nicht tun, aber ich nehme ihn entgegen. Ich nehme ihn, trinke und gebe ihn zurück. „Ich wähle die Gelegenheiten aus, bei denen ich betrunken hinfalle", sagt er. „Zwei pro Monat sind erlaubt. Tanzen würde die Anzahl erhöhen, es augenfällig machen."
„Was augenfällig machen?"
„Dies ist nur für Ihre Ohren bestimmt, Gwen", sagt Raley. „Die meiste Zeit bin ich gerade betrunken genug, um auf der Linie zu balancieren."
„Welcher Linie?" Ich mag, wie er meinen Namen sagt, weich, aber mit einem kleinen Klicken am Ende. Wie der Wind in den Bäumen, denke ich, und kann mich nicht mehr erinnern, worüber wir gerade sprechen. „Welcher

Wind?“ frage ich, doch er beantwortet gerade meine erste Frage und hört mich nicht.
„Die Linie zwischen Erinnern und Vergessen“, sagt er.
Ich kann nicht mehr trinken. Ich fühle mich wie ein Baum im Wind. „Schwanke ich?“ frage ich Raley.
„O Gwen“, sagt er, und ich möchte nur, daß er auf seine nette kanadische Weise immer wieder meinen Namen sagt. Doch er nimmt meinen Ellbogen und führt mich aus dem Tanzgewühl hinaus an einen Tisch. „Kommen Sie, setzen Sie sich.“
Es ist derselbe Tisch, an dem Jane und David sitzen. Sie hocken dicht nebeneinander an einem Ende und haben die Köpfe zusammengesteckt. Wir sitzen am anderen Ende, einander gegenüber. Jane versperrt mir die Sicht auf David, aber ich sehe etwas aufblitzen, sehe, wie seine Arme sich auf und ab bewegen. „Was tut er?“ frage ich.
„Wer?“ Raley sieht mich an und folgt dann meinem Blick quer über den Tisch. „David? Ja, er ist ein bißchen seltsam. Stricken. Er strickt. Das tut er die ganze Zeit. Es ist eine merkwürdige Beschäftigung für einen Jungen, aber auch nicht schlimmer als Poesie, nehme ich an.“ Raley nimmt noch einen Schluck aus seiner Flasche. „An dem Tag, als wir Ihnen auf dem Bahnhof begegnet sind“, sagt er, „war David in London, um eine ganz bestimmte Wolle zu kaufen, die er haben wollte. So hat er seinen freien Tag verbracht. Hat Wolle zum Stricken gekauft.“
„Was strickt er?“
Raley zuckt die Schultern. „Ich glaube nicht, daß es mir je so wichtig war, ihn danach zu fragen“, sagt er. „Stricken kommt bei mir gleich nach Tanzen.“
Ich stütze den Kopf in die Hände. Auf den Tischen stehen brennende Kerzen, und das flackernde Licht bringt die weißen Kreidesterne auf den Verdunklungsvorhängen zum Schimmern wie echte Sterne. Ich denke an Mrs. Woolf und

an jenen Abend, als ich ihr über den Tavistock Square gefolgt bin. Seit sie tot ist, bin ich mir sicherer denn je, daß sie es tatsächlich war. In jener Nacht standen Sterne am Himmel, daran erinnere ich mich, ich erinnere mich, daß zuerst sie hinaufsah und dann ich und daß Sterne über uns waren.

„Diese Rosen", sage ich zu Raley. „Die Sie in meinem Zimmer gesehen haben. Die brannten. Welche Farbe hatten sie?"

„Weiß."

Ich denke an einen der Briefe, die ich im Geist an Mrs. Woolf geschrieben habe. *Sterne wie weiße Spitze über dem Hof.* „Ja", sage ich. „Weiße Spitze."

Raley sieht mich seltsam an. „Was für Spitze?" fragt er.

27

Ich kann nicht schlafen. Nachdem die Tanzveranstaltung vorüber ist und die Männer wieder den Hügel hinauf zu ihrem Haus gestapft sind, helfe ich den Mädchen, den Speisesaal aufzuräumen. Alle haben sich gut amüsiert. Golden Wonder amüsiert sich immer noch; sie sagt draußen im Dunkeln dem Soldaten gute Nacht, in den sie verliebt ist. Ich glaube, daß sie es war, die ich damals mit dem Soldaten in der Scheune entdeckt habe. Ich versuche, den Gedanken zu verdrängen, wo sie und ihr Soldat hingehen mögen, wenn ich jetzt gehe. Die anderen lachen und scherzen immer noch, lassen sich Zeit damit, die Tische und Stühle wieder an Ort und Stelle zu rücken und die Aschenbecher zu leeren. Sie sind vor Vergnügen erschöpft, und ich überlasse sie sich selbst und gehe in mein Zimmer.

Heute nacht kann mich nichts zum Einschlafen bringen. Ich liege unter *The Genus Rosa*, doch das Gewicht macht mich lediglich gereizt. Manchmal muß es sich für Ellen Willmott so angefühlt haben in all den Jahren, die sie daran gearbeitet hat, denke ich, wenigstens metaphorisch gesprochen. Wie bedrückend schwer die Bücher geworden sind.

Ich versuche, ein wenig in *Die Fahrt zum Leuchtturm* zu lesen, aber es sind nichts als Worte, Worte, Worte. Sie entschwinden im selben Moment meinem Blick, in dem ich sie in meinem Kopf hersage, sie können mich nicht wie sonst über Wasser halten.

Ich blicke von meinem Bett in die Nacht hinaus. Ich schlafe jetzt mit offenen Vorhängen, obwohl ich weiß, daß ich es eigentlich nicht tun sollte. Doch der Krieg ist hier nicht so wie in London. Es gibt kaum Geräusche des Krieges, kaum Beweise. Es ist schwer, an die Notwendigkeit zu glauben, die Vorhänge zuzuziehen.

Heute nacht steht der Mond am Himmel. Ich sehe seinen schwachen Lichtschein über dem Innenhof. Liegt Raley in seinem Bett und blickt aus seinem Fenster auf denselben Mond? Ich spüre immer noch die Reste des Alkohols in meinem Körper, die Hitze, die durch meine Adern strömt. Ich fühle mich zerrissen vor Begehren.

Ich stehe auf, ziehe mich hastig an und laufe die Treppe hinunter in die Nacht hinaus. Wenn ich schon nicht schlafen kann, will ich wenigstens etwas Nützliches tun. Ich werde in den ummauerten Garten gehen und Wache halten, falls der geisterhafte Hühnerdieb es wagen sollte, wieder aufzutauchen. Ich fühle mich plötzlich belebt, zielbewußt, als ich über den Rasen des Innenhofs durch die kühle Nachtluft eile. Ich bin aufs neue eine Frau der Tat. Ich stürze mich willig meinem Schicksal entgegen.

Mein Schicksal ist es, mich im Küchengarten neben das alte Gärtnerbüro zu kauern, und ich wünsche mir, ich hätte etwas zum Sitzen mitgebracht, denn der Boden ist sehr kalt.

Ich lehne mich an die rauhe Backsteinmauer und starre über die dunkle, umgegrabene Fläche zum Hühnerstall hinüber. Ich kann seinen Umriß ausmachen. Der Mond gibt genügend Licht, daß ich alles und jeden werde sehen können, der sich der Einzäunung nähert. Ich schlinge die Arme um die Knie und warte.

Ich erinnere mich, wie ich als Kind draußen im Dunkeln saß. Die Blumen wie Schatten neben mir in ihren Beeten und leise schwankend, wie ich es gewohnt war, wie ich es tröstlich fand. Ich versteckte mich vor meiner Mutter, wartete darauf, daß sie meine Abwesenheit im Haus bemerkte und kam, um mich zu suchen. Der Boden wurde allmählich zu kalt und hart, und ich ging zurück ins Haus, wo ich meine Mutter schlafend in ihrem Sessel fand oder, schlimmer, beim Lesen einer Zeitschrift. „Wo kommst du her?" fragte sie.

Ich war nicht da, als meine Mutter starb. Ich hatte versprochen, sie an jenem Abend im Krankenhaus zu besuchen, doch ich war bis spät in meinem Büro geblieben und hatte an meinen Aufzeichnungen gearbeitet. Meine Mutter starb allein. Als ich meinen Mantel anzog, rief mich das Krankenhaus an, um mir zu sagen, daß sie gestorben sei und daß sie nach mir gefragt habe. Ich ging nicht sofort ins Krankenhaus. Das schien keinen Sinn zu haben. Statt dessen ging ich zum Russell Square und setzte mich auf eine Bank neben einem Blumenbeet. Ich saß dort, bis mich jemand fragte, ob es mir gutginge. Ich zitterte, und ein Mann, der an der Bank vorbeiging, meinte, mir sei kalt. „Sie sollten nach Hause gehen", sagte er und berührte mich leicht an der Schulter.

Jetzt sitze ich hier in der Dunkelheit von Mosel, und mein Rücken ist kalt, weil ich an der Gartenmauer lehne, und ich wünschte, ich wäre für meine Mutter dagewesen, als sie starb. Ein paar Tage zuvor hatte sie mich gebeten, ihr die

Namen der Rosen in *The Genus Rosa* zu nennen. Das hätte ich tun können in ihrer letzten Nacht. Ich wollte mir nicht die Mühe machen, die schweren Bände aus meinem Büro ins Krankenhaus zu schleppen. Doch ich wünschte, ich hätte es getan. Ich hätte ihre Hand halten und ihr die Namen der Rosen zuflüstern können, als sie inmitten der Betriebsamkeit der Station starb.

Ich werde von einem Geräusch außerhalb der Gartenmauer geweckt. Ich war eingeschlafen. Hatte ich von meiner Mutter geträumt? Da ist das Geräusch wieder. Ich springe auf die Füße, reiße die Gartentür auf und renne hinaus.

Es ist Jane. Sie sitzt auf dem Rappen, die Zügel in der Hand. Ich habe sie erschreckt, als ich aus dem Garten hinausgestürzt bin. Das Pferd scheut und kommt seitlich vom Weg ab.

„Gwen", sagt Jane und bringt das Pferd wieder unter Kontrolle. „Was machen Sie denn hier?"

Ich befinde mich plötzlich in Mosel. Dies ist nicht das Krankenhaus. Meine Mutter ist tot. „Ich versuche, den Hühnerdieb zu fangen. Du bist es nicht, oder?"

„Gwen." Jane springt vom Pferd und steht neben mir auf dem Weg. „Selbstverständlich bin ich es nicht. Was sollte ich mit einem Huhn anfangen?"

„Nun", sage ich. „Was machst du mit dem Pferd?"

„Ich kann nicht schlafen. Das tue ich nachts. Ich reite über die Felder. Das Pferd wird geritten. Ich habe etwas, um mich zu beschäftigen. So ist uns beiden geholfen." Jane streckt die Hand aus und tätschelt dem Pferd den Hals, um es zu beruhigen. Ich erinnere mich, wie vertraut miteinander sie immer wirken. Und dann erinnere ich mich an etwas anderes.

„Ich habe dich gesehen", sage ich. „Von meinem Fenster aus, wenn du nachts über den Innenhof zu den Ställen gerannt bist." Die geheimnisvolle Gestalt, die ich beinahe für einen Geist gehalten hätte, war Jane auf dem Weg zu ihrem Ausritt mit dem Rappen.

„Ja", sagte sie. „Das war ich."

„Aber du mußt doch schlafen."

„Ein wenig, gegen Ende der Nacht. Nachdem wir ausgeritten sind, schlafe ich oft einfach im Stall. Wenn ich ihn abgerieben habe, bleibt nicht mehr viel Zeit, bis ich aufstehen und die Kühe melken muß." Jane lehnt sich an den Rappen. „Ich habe nicht mehr richtig geschlafen, seit Andrew verschwunden ist", sagt sie. „Ich komme nicht zur Ruhe. Nicht, bevor er nach Hause kommt."

Die Nacht um uns herum ist kühl. Das Pferd wird unruhig und will sich bewegen. Seine Hufe klappern auf den Steinen. Das war das Geräusch, das ich im Garten gehört habe.

„Ich begleite dich zu den Feldern hinunter", sage ich, und wir gehen in Richtung Südgarten. Ich hatte ursprünglich vorgehabt, im Südgarten Kartoffeln zu pflanzen, um das ganze vorhandene landwirtschaftliche Potential von Mosel auszunutzen. Doch in Wahrheit ziehe ich die Mischung aus Gras und Blumen vor, die Blütenpracht der Kirschbäume. Ich möchte zugunsten der langweiligen Praktikabilität des Kartoffelanbaus nicht eine Ästhetik zerstören. Ich werde dem Geist der Kriegsanstrengung nicht gerecht. An schlechten Tagen tadle ich mich dafür, aber als wir jetzt mit dem Pferd unter der duftenden Laube der Bäume hindurchgehen, denke ich, daß ich seit meiner Ankunft keine bessere Entscheidung getroffen habe.

„Was ist mit David?" frage ich, denn Janes Beziehung zu ihm verwirrt mich. Sie wirken so vertraut. Sie wirken, als wären sie dabei, sich ineinander zu verlieben.

„David?" Jane bleibt stehen. Wir sind am Rand der Felder angelangt. Sie fallen vor uns ab wie das Meer, von Mondlicht übergossen und von ihrer eigenen ausgedehnten Dunkelheit. „David ist verlobt und wird heiraten. Er ist völlig treu."

Und plötzlich begreife ich, daß sie, ausgehend von ihrer jeweiligen Treue, ein Bündnis geschlossen haben. Es ist nicht frei von gegenseitiger Anziehung und gegenseitigem Begehren, aber es wird gemäßigt und kontrolliert von ihrer strikten Loyalität anderen gegenüber. Wie schwierig es sein muß, das richtige Gleichgewicht zu finden. Wie schwierig, nicht der in Reichweite liegenden Zuneigung zu erliegen, einer Zuneigung, die greifbar ist. „Du liebst Andrew", sage ich. Ich verstehe das in diesem Augenblick so gut, daß ich es beinahe selbst empfinde.

„Das ist alles, was ich habe. Oder?" Jane setzt den Fuß in den Steigbügel und schwingt sich auf den Pferderücken. „Wie ich damit umgehe. Wie ich ihm diene. Mein Wort. Mein Herz. Das ist alles, was ich habe." Sie drückt dem Pferd die Absätze in die Flanken, und sie entfernen sich in der Unendlichkeit der Nacht. Ich sehe ihnen nach, bis sie verschwunden sind. Ich kann sie noch lange hören, auch als ich sie nicht mehr sehen kann.

28

Nach dem mitternächtlichen Spaziergang mit Jane durch den Südgarten fälle ich eine autoritäre Entscheidung. Zum Frühstück am nächsten Morgen bringe ich den Plan des Anwesens mit, breite ihn mitten auf dem Tisch aus und beschwere ihn seitlich mit Teekannen, dem Toastständer und dem Marmeladentopf. „Gut", sage ich voller Überzeugung. Ich lasse meinen Blick um den Tisch wandern, sehe meine willigen Komplizinnen an und erkenne den furchtsamen Ausdruck auf ihren Gesichtern.

„Ja, was?" sagt Salad Blue. Ich ignoriere ihre Gereiztheit. Sie ist in letzter Zeit eindeutig schlecht gelaunt. Evelyn.

Gestern beim Abendessen blaffte sie sogar British Queen an, daß sie sie zu oft angesehen habe.
„Ich habe da eine Idee", sage ich, um sie zu beruhigen. Aber das scheint ihre Haltung nicht zu verändern.
„Sie hatten schon früher eine Idee", sagt Golden Wonder. Für die Mädchen sind die Hühner eine beispielhafte Niederlage, da sie ständig weniger werden und die, die zurückbleiben, durch das Fehlen ihrer Schwestern zu traumatisiert sind, um ordentlich zu legen.
Doch ich lasse mich durch ihre Mißbilligung nicht zum Schweigen bringen. Ich habe über meine Idee nachgedacht, als ich letzte Nacht vom Südgarten zurückging, und bin mir sicher, daß sie gut ist. Ich bin mir sicher, daß sie richtig ist.
„Schaut her", sage ich. „Das ist ein Plan des Anwesens aus dem Jahr 1900. Wir ihr seht, waren die Gärten damals wesentlich prächtiger und ausgedehnter. Sie sind seit jener Zeit beträchtlich geschrumpft. Alles, was ich vorschlage, ist, daß wir einiges von dieser Pracht wiederherstellen, daß wir, statt nur auf unsere Ernte zu warten und auf die Arbeit, die wir damit haben werden, unsere Energien darauf verwenden, Mosel etwas von seiner früheren Anmut und Größe wiederzugeben."
Ein, zwei Augenblicke sagt niemand etwas, aber sie betrachten alle den Plan, die Köpfe über das ausgerollte Papier gebeugt. „Was ist das?" fragt Alice schließlich. Sie deutet mit dem Finger auf eine der gestrichelten Linien im Rasen neben dem Südgarten.
„Das war der Plan für einen Wassergarten", sage ich. „Und das", ich zeige auf das andere Areal, das durch eine gestrichelte Linie gekennzeichnet ist, „das sollte ein Irrgarten werden."
„Oh, ich mag Irrgärten", sagt Alice.
Und das ist es, was sie auf meine Seite zieht, die Idee eines Irrgartens. Ich werde nie jemanden verstehen, denke ich, als

sie sich alle aufgeregt über den nicht vorhandenen Irrgarten unterhalten. Aber das spielt eigentlich keine Rolle. Was eine Rolle spielt, ist, daß die Mädchen meine Idee unterstützen, und Tatsache ist, daß ich meine Idee ohne ihre Unterstützung nicht verwirklichen kann.

Jane hat während der ganzen Episode nichts gesagt. Sie wirkt zerstreut heute morgen, und da ich ihre nächtlichen Gewohnheiten jetzt kenne, finde ich auch, daß sie völlig übermüdet aussieht. „Was meinst du?" frage ich sie. „Zu meinem Plan, die Gärten zu restaurieren?" Ich erkläre ihr noch einmal die Grundzüge meiner Idee, falls sie mir vorher nicht zugehört hat.

„Ja", sagt sie und gießt sich Tee nach und rollt dabei versehentlich einen Teil des Obstgartens auf. „Blumen statt Kartoffeln. Ich denke, das ist ein guter Tausch."

Und obwohl sie damit ihre Unterstützung kundtut, fühle ich mich durch ihren Kommentar entmutigt. Vielleicht hat sie recht, und es handelt sich wirklich nur um die Wahl zwischen einer Sache und einer anderen, dem einen Zeitvertreib und dem anderen. Vielleicht gibt es keinen echten Unterschied, und jede Tätigkeit ist nur eine Möglichkeit, die Zeit auszufüllen, während wir darauf warten, in unser vielleicht bis zur Unkenntlichkeit verändertes Leben zurückzukehren. Doch es ist schwierig, weiter so zu leben, weiter so zu denken.

„Was können wir sonst tun?" frage ich.

Jane rollt den Obstgarten wieder auseinander und stellt die Teekanne zwischen die Apfelbäume. „Nichts", sagt sie.

Die Mädchen haben ein erstaunliches Interesse daran, wieder mit einem Ziel vor Augen zu arbeiten. Ich nehme an, daß sie insgeheim erleichtert sind, nicht noch einen weiteren Tag in der Sonne zu schmoren. Sie machen sich voller Optimismus mit Baum- und Gartenscheren auf den Weg. Doris schärft sehr geschickt mit einem Wetzstein die

Klingen des Rasenmähers und schiebt ihn fröhlich über das widerspenstige Gras des Innenhofs.
Gegen Mitte des Vormittags gehe ich in die Küche, koche für alle Tee und trage ihn hinaus auf den Rasen hinter dem Speisesaal. Einen Augenblick lang, kurz bevor ich rufe, daß der Tee fertig ist, stehe ich an diesem warmen Maimorgen auf dem Rasen und blicke zu dreien der Mädchen hinunter, die gutgelaunt darüber streiten, wie weit eine der riesigen Eiben zurückgeschnitten werden soll, die neben dem Weg stehen; einen Augenblick lang denke ich an die letzte Szene in *Die Fahrt zum Leuchtturm.* Lily Briscoe steht auf dem Rasen und malt ein Bild, das sie vor zehn Jahren angefangen hat, und hat das Gefühl, daß die Vergangenheit mit der Gegenwart verschmilzt und zu etwas wird, in dem sie ganz sie selbst sein kann. Man hört das Lachen der Mädchen vom Garten herauf. Ich betrete den Rasen, das Tablett in der Hand. Die Sonne scheint mir warm ins Gesicht. Dies ist mein Leben, denke ich, ich warte auf gar nichts.

29

David kommt vom großen Haus herunter und verbringt die Abende jetzt bei uns. Er sagt, dort oben werde es nach dem Abendessen zu unruhig, wenn die Männer laute, stürmische Spiele spielten und er einfach seine Ruhe haben möchte. Gewöhnlich kommt er nach den Nachrichten, das Strickzeug unter dem Arm. Er geht in das Zimmer mit dem Radiogerät und den mit Kreide bemalten Verdunklungsvorhängen und nimmt neben einer der beiden Lampen in einem Sessel Platz. Die anderen verschwinden gewöhnlich nach den Nachrichten, nur Jane sitzt noch neben David, während er strickt, und unterhält sich mit ihm. Er strickt einen Pullover für seine Freundin. Das ist es, er strickt ihr Pullover und schickt sie ihr nach Hause.

„Wie viele Pullover braucht sie?" frage ich Jane. Doch ich kann verstehen, daß es eine gute Methode ist, sich an jemanden zu erinnern, und daß Davids Wunsch, etwas für seine Freundin anzufertigen, wahrscheinlich ihrem Wunsch entspricht, aus dieser Welt, die sie nicht kennt, etwas von ihm zu bekommen.

Am dritten oder vierten Abend, den David hier ist, sitze ich in meinem Zimmer und mache mir Notizen für die Wiederherstellung der Gärten, als es an meine Tür klopft. Es ist Jane. Sie ist ein wenig erhitzt, weil sie die Treppe heraufgerannt ist. „Gwen", sagt sie. „Ich habe beschlossen, David beim Stricken vorzulesen. Haben Sie ein Buch?"

„Ich habe viele Bücher", sage ich. „Was für ein Buch suchst du?"

Jane lehnt sich an den Türrahmen, um zu überlegen und wieder zu Atem zu kommen. „Geben Sie mir etwas, was *Ihnen* gefällt", sagt sie.

Wenn die anderen das Radiozimmer verlassen haben, liest Jane David jetzt abends *Die Fahrt zum Leuchtturm* vor, während er neben der Lampe in einem Sessel sitzt und seiner Freundin einen Pullover strickt. Es ist mir peinlich zuzugeben, daß ich die meisten Abende an der Tür lausche. Ich hatte es nicht vorgehabt; ich war einfach eines Abends daran vorbeigegangen und hatte Janes Stimme die Worte lesen hören, die ich so gut kenne und so sehr liebe. Ich hatte noch nie jemanden Mrs. Woolfs Worte lesen hören und legte einfach die Stirn an die Tür und lauschte. Ich konnte nicht anders. Niemand hat mir je etwas vorgelesen. Und ich bin mir sicher, daß Jane nicht einmal etwas dagegen einzuwenden hätte, wenn ich ins Zimmer käme und mich zum Zuhören dazusetzte. Doch sie liest nicht für mich, und ich finde es nicht richtig, das zu tun. Also stehe ich vor der Tür, lehne mich an das Holz und vergesse beinahe zu atmen, so aufmerksam höre ich zu.

Jane hat eine schöne Vorlesestimme. Melodisch und, im Gegensatz zu allem anderen an ihr, langsam und gemessen. Sie liest, als hätte sie alle Zeit der Welt, um die Geschichte zu erzählen. Und während ich dieser Stimme zuhöre, die die Worte poliert, so daß sie in mir glänzen, vermisse ich mein altes Leben – London, meine Mutter – so intensiv, daß ich an manchen Abenden tatsächlich weine. Ich habe *Die Fahrt zum Leuchtturm* schon so lange nicht mehr gelesen, doch ich erinnere mich an alles. Ich lausche wieder der Geschichte der Familie Ramsay, die ihren Sommer in einem Haus verbringt, das eigentlich auf den Hebriden liegen sollte, es aber, wie ich anhand der Flora feststelle, nicht tut. Der Familie schließen sich für den Sommer mehrere Gäste an, darunter auch die Malerin Lily Briscoe. Die Geschichte erzählt von einer vereitelten Segeltour zu einem Leuchtturm, um den Leuchtturmwärter und seinen Sohn zu besuchen.

Als ich das Buch selbst gelesen hatte, gefiel mir die Figur der Mrs. Ramsay; als ich es jetzt hinter der Tür von Jane vorgelesen höre, finde ich ihre Egozentrik sehr unsympathisch. Ihre große Begabung liegt darin, sich auf das Leben einzustellen, für den Moment zu leben. Sie ist spontan und enthusiastisch, wird von den Ereignissen davongetragen. Die meisten anderen Charaktere sind dazu nicht in der Lage und fühlen sich deshalb zu ihr hingezogen. Doch ihre emotionale Beziehung zu anderen Menschen basiert häufig auf Mitleid. Ich schätze das überhaupt nicht, denn ich habe ständig den Verdacht, jemand könnte eine solche Beziehung zu mir haben. Und doch hat Lily ihren Kopf in Mrs. Ramsays Schoß gelegt, möchte, wie alle anderen auch, bei ihr Zuflucht finden.

Jane liest gerade den Teil, wo Mr. Ramsay, der die ganze Zeit auf der Terrasse auf und ab geht und „Der Angriff der leichten Brigade“ rezitiert, auf die Bucht hinausblickt und sich mit einer Sanddüne vergleicht. Später wird sein Freund William Bankes ihre Freundschaft mit derselben Düne vergleichen. „Der Angriff der leichten Brigade“ ist ein Gedicht, das einer Kavalleriedivision huldigt, die in die falsche Richtung angriff.
Ich schließe die Augen und lehne den Kopf an die Tür. Ich kann das Holz und den muffigen Flur riechen. Außer Janes Stimme, die aus dem Zimmer dringt und die Luft mit Worten erfüllt, ist kein Laut zu hören.

30

Nur zwei Geschichten sind noch übrig, um im Radiozimmer auf die Verdunklungsvorhänge gemalt zu werden. Meine und die von Jane. Trotz vieler Bitten und Nötigungen hält Jane an ihrer Weigerung fest, eine Geschichte zu erzählen. „Mir gefällt er, wie er ist“, antwortet sie auf die wiederholten Aufforderungen, die Kreide in die Hand zu nehmen und den ihr zugeteilten Abschnitt auf dem Vorhang auszufüllen. „Mir gefällt er schwarz.“ Und sie läßt sich nicht überzeugen, obwohl wir ihr deutlich zu verstehen geben, daß wir ihren Platz leer lassen werden, bis sie ihre Meinung ändert.
Ich habe mit mir über den Inhalt meines Vorhangausschnitts gerungen. Da ist er, ein längliches Rechteck neben The Lumpers Musikstück. Das Schwarz der Vorhänge wirkt so begräbnishaft, daß ich anfangs denke, ich sollte eine Art Denkmal für meine Mutter oder für London zeichnen. Doch obwohl ich es versuchte und sowohl meine Mutter

liebte und als auch die Stadt, in der ich gelebt habe, gebe ich mich nicht mehr länger der Illusion hin, daß meine Liebe übermäßig erwidert wurde. Deshalb fülle ich meinen Ausschnitt mit etwas, was positiv auf meine Liebe reagiert hat. Blumen. Ich fülle den Ausschnitt mit Blumen. Ich stecke sie mit Nadeln auf dem Stoff fest und schaffe einen Garten. Und da ich mich nicht nur auf Blumen beschränken will, die gut trocknen, tausche ich die Blumen beinahe täglich aus. An manchen Tagen schaffe ich einen Garten in einer einzigen Farbe, zum Beispiel in Gelb, aus Dahlien und Lilien, Löwenmaul und gelbem Nelkenwurz. Ich kreiere einen Garten nur aus panaschierten Blättern und einen aus langen, herabhängenden Efeuranken. Vom Garten des Verlustes angeregt, erfinde ich manchmal Gärten zu einem bestimmten Thema und lasse die Mädchen raten, was ich ihnen zeigen will. Ich entwerfe einen Garten nur mit Heilpflanzen. Ich gestalte einen Garten aus Blumen, die alle mit dem Buchstaben M beginnen. Ich versuche, das alles im Laufe eines Nachmittags zu schaffen, um die Mädchen zu überraschen, wenn sie nach dem Abendessen zum Radiohören herunterkommen. Und so wie ihre Begeisterung für den Entwurf des Irrgartens mir klar machte, wieviel eher die Mädchen noch Kinder sind als Erwachsene, verhält es sich nun auch mit dem Garten auf dem Verdunklungsvorhang. Es gefällt ihnen, sich den neu zusammengestellten Garten anzusehen. Es gefällt ihnen, das Rätsel zu lösen, das ich ihnen stelle. In Wirklichkeit ist es mit diesen Mädchen ganz einfach. Es geht nur darum, mit ihnen zu arbeiten statt gegen sie. Es ist so viel leichter als zu Beginn unserer Bekanntschaft.

Heute befestige ich einen Strauß Iris an dem Vorhang. Ich mache einen Garten aus Blumen, die weibliche Vornamen tragen. Ich höre ein Geräusch hinter mir und drehe mich um und sehe Evelyn im Türrahmen stehen. „Oh“, sagt sie

verlegen, weil ich sie lange vor der Zeit hier ertappt habe. „Ich bin's nur. Ich habe den ganzen Tag daran gedacht. Ich konnte einfach nicht bis nach dem Abendessen warten.“
Sie waren nie der Feind, diese Mädchen in Mosel. Wäre ich gleich nach meiner Ankunft großzügiger gewesen, statt so defensiv wegen meiner Schwächen, hätte ich das früher erkannt. Sie waren nicht abgeneigt, mich zu mögen. Ich hatte ihnen nur nie eine echte Chance gegeben, es zu ihren Bedingungen zu tun.
„Da du nun schon einmal hier bist“, sage ich, „warum hilfst du mir nicht, das hier festzustecken?“

31

The Lumpers Vater kommt mich besuchen. Er erscheint eines Tages nach dem Frühstück und wartet draußen vor dem ummauerten Garten, die Mütze in der Hand. Er ist ein großer Mann, Mitte vierzig, mit der rauhen, wettergegerbten Haut eines Menschen, der sein Leben lang im Freien gearbeitet hat.
„Miss Davis?“ fragt er. Er wirkt nervös. „Doris hat gesagt, daß ich Sie hier finden würde.“
Ich frage mich, wie Doris mich ihm wohl beschrieben hat. Ich strecke ihm die Hand hin. „Ich freue mich, Sie zu sehen, Mr. Frant“, sage ich. „Vielen Dank, daß Sie hierhergekommen sind.“
„Es ist mir ein Vergnügen. Es tut gut, sich mal wieder hier umzusehen.“
„Gut, dann kommen Sie. Lassen Sie mich Ihnen alles richtig zeigen.“ Ich führe ihn zuerst durch den Küchengarten, zeige ihm die sauber aufgehäufelte Erde, unter der die Kartoffeln schlummern, und die Stützen für die Stangen-

bohnen. Er äußert sich nicht dazu, doch als er die Hühner in ihrem Auslauf trostlos an den Küchenabfällen herumpicken sieht, bleibt er stehen.
„Oh“, sagt er. „Hühner sind keine gute Idee. Da gibt's einen Geist, der sie nachts holt.“
„Gab es den sogar schon, als Sie hier gearbeitet haben?“ Denn das ist beinahe fünfundzwanzig Jahre her.
„O ja.“ Mr. Frant knetet die Mütze in seinen Händen. Statt zu rauchen, denke ich. Er würde gerne eine Zigarette rauchen, glaubt aber, das zeugte von schlechten Manieren. „Ich hab ihn nie gesehen, wissen Sie. Aber einige von den anderen schon.“
„Nun, machen Sie sich wegen des Geistes mal keine Sorgen“, sage ich. Wirklich, ich bin dieses ganze Spektakel um den geisterhaften Hühnerdieb ein wenig leid. Ich habe nicht übel Lust, die ganze Schar schlachten und von Victualette Noir zu Coq au vin verarbeiten zu lassen. Ich führe Mr. Frant vom Hühnerstall weg und steuere mit ihm auf das kleine Backsteinbüro des Obergärtners zu.
„Das Büro von Mr. Thoby“, sagt er. „Es war immer sehr aufgeräumt. Alles an seinem Platz. Mr. Thoby hat es mit der Ordnung sehr genau genommen.“
Ich betrete das Büro und hole die Gartenkladde aus der Schreibtischschublade. Ich nehme sie mit hinaus zu Mr. Frant und schlage vorne die Liste mit den Namen auf. „Erinnern Sie sich an diese Männer?“ frage ich ihn.
Doris' Vater fährt mit der Hand über die Namensliste, und mir fällt auf, wie sehr seine Hand zittert. Er hat seine Mütze nicht geknetet. Seine Hände haben gezittert. „Natürlich“, sagt er und legt den Finger auf einen Namen. „Schauen Sie, hier bin ich.“ Und da ist er – Lewis Frant. „Ich war einer von den Arbeitern, deshalb stehe ich so weit unten.“ Er läßt seine Finger die Namensliste hinaufwandern. „Der Vorarbeiter steht oben. Darunter die fünf Gärtner. Dann zwei

Untergärtner. Der Rest von uns waren Arbeiter, obwohl manche größere Gartenbaukenntnisse hatten als andere."

„Kommen Sie mit?" Ich klemme mir die Kladde unter den Arm und führe Mr. Frant aus dem ummauerten Garten hinaus. Ich gehe mit ihm den Weg entlang und über den Rasen zum Südgarten. Er blickt sich ständig um, zeigt, wo einmal Bäume standen, die entweder von einer Krankheit befallen oder vom Sturm gefällt wurden. Mit ihm über dieses Anwesen zu gehen, mit dem ich mittlerweile so vertraut bin, ist, als würde man einer realen Landschaft eine imaginäre überstülpen. In vieler Hinsicht eine ähnliche Erfahrung wie beim Betrachten des Gartenplans.

Im Südgarten gehen wir unter den Kirschbäumen hindurch. Sie haben ihre Blüten nun alle fallen lassen, und das Gras ist von einem rosa Geriesel bedeckt. Mr. Frant bleibt am Rand des Feldes stehen und läßt den Blick über das weitläufige Gelände schweifen, das sich vor uns ausdehnt. „Hier hat sich nichts verändert", sagt er. Vielleicht konnte dieser halb wilde, halb kultivierte Garten überleben, wie er war, weil die Wiese mit Zwiebelpflanzen und Bäumen bewachsen ist, die wenig Pflege brauchen. Sein Gleichgewicht hat ihn gerettet. Alles, was zu wüchsig gewesen wäre, wäre ins Kraut geschossen. Und alles, was zu sehr kultiviert gewesen wäre, hätte schnell seine gebändigte Form verloren.

Ich geleite Mr. Frant in den Obstgarten. Er fährt mit der Hand über die Äste der Spalierbäume, die an der Mauer entlangwachsen. Seine Hand streicht über die Äste, als wären es Leitersprossen. „Mir hat es nie gefallen, wie sie aussehen", sagt er. „Es ist unnatürlich."

„Haben Sie im Obstgarten gearbeitet?"

„Manchmal. Wir wurden überall eingesetzt, aber manche haben an bestimmten Plätzen besser gearbeitet als andere."

„Wer hat hier mehr gearbeitet als die anderen?" Der Obstgarten liegt dem vergessenen Garten am nächsten, und wegen der verschiedenen Bezüge, die ich hergestellt habe zwischen den Blumen, die dort, und den Früchten, die hier wachsen, glaube ich, daß es eine Verbindung gab zwischen jemandem, der im Obstgarten arbeitete, und jemandem, der den vergessenen Garten anlegte. Ich denke, daß es sich um ein und dieselbe Person gehandelt haben könnte.

Mr. Frant streicht sich mit der Hand durchs Haar. „Wir waren Jungs, nicht wahr?" sagt er. Ich antworte nicht. Sie waren Jungen von knapp unter zwanzig, die Gartenarbeiter auf diesem Anwesen. Sie waren im gleichen Alter wie jetzt die Mädchen. „Es gab drei, die öfter im Obstgarten waren als die anderen. Ein Untergärtner und zwei Arbeiter."

Ich öffne die Kladde vorne bei der Namensliste. „Wer waren sie?"

Lewis Frant deutet mit der gleichen leichten Handbewegung, mit der er über die Äste der Spalierbäume strich, auf drei Namen. „Thomas Walton. Samuel Hood. William Allen."

„Ist in diesem Obstgarten je etwas Ungewöhnliches oder besonders Bemerkenswertes passiert?" frage ich.

„Was sollte das sein?" Meine Frage verwirrt ihn. Liebe, möchte ich sagen. War dies ein Ort, wo sich Liebende trafen? War dies der Ort, der den vergessenen Garten anregte? Was auch immer hier geschah, es war Anlaß dafür, daß dieser Blumencode gepflanzt und diese Worte in Stein geritzt wurden. Dessen bin ich mir sicher.

„Was auch immer", sage ich. „Was auch immer, was aus dem Alltäglichen herausfiel. Sogar etwas Alltägliches."

Lewis Frant steht sehr still unter den Apfelbäumen. „Wir waren Jungs, nicht wahr?" sagt er wieder.

Ich wünschte, ich könnte sehen, was er sieht, wenn er fünfundzwanzig Jahre zurückblickt auf die Zeit, als er als Junge mit den anderen Jungen hier arbeitete, damals, als dieser Obstgarten richtig in Ordnung gehalten wurde. Als Mosel, von leichter Hand gestaltet, so prachtvoll gewesen sein muß, wie es nur dann möglich ist, wenn enorme Anstrengungen unternommen werden, alles unangestrengt und völlig natürlich erscheinen zu lassen. Damals, in einer Zeit vor den Kriegen.

„Nein", sagt Lewis Frant. „Ich kann mich an nichts Besonderes erinnern, das je in diesem Obstgarten passiert wäre. Aber ich war nicht oft genug hier unten, um es wirklich zu wissen. Ich war meistens für die Arbeit auf dem Rasen und an den Rabatten um den Innenhof eingeteilt. Sie sind inzwischen völlig ruiniert, nicht wahr? Ich habe mich dort umgesehen, bevor ich hier auf Sie gewartet habe." Lewis Frant knetet wieder mit zitternden Händen seine Mütze. „Dort war ich meistens", sagt er. „An diesen Teil des Anwesens erinnere ich mich sehr gut. Möchten Sie wissen, wer dort mit mir gearbeitet hat?"

„Nein, das wird nicht nötig sein." Ich fühle mich geschlagen. Ich bin davon überzeugt, daß hier im Obstgarten etwas Wichtiges geschah, aber Lewis Frant ist meine einzige Verbindung zu dieser Möglichkeit, und als Zeitzeuge ist er ebenso enttäuschend wie die Obstbäume selbst.

„Ich war der einzige von uns, der nicht gegangen ist", sagt Lewis Frant.

„Nicht gegangen ist?"

„In den Krieg. Die anderen Jungs sind alle gegangen, als sie einberufen wurden, aber ich hab eine leichte Schüttellähmung." Er streckt die Hände aus, um es zu demonstrieren, und ich sehe, wie sie zittern. „Bei Nervosität wird es schlimmer", sagt er. „In einer so angespannten Situation wie dem Krieg nicht sehr nützlich." Er läßt die Arme sinken. „Was ist das?" Er betrachtet die obere Hälfte des beschnittenen Engels über der Steinmauer.

„Ah, das", sage ich. „Eines der Mädchen hat sich mit der Schere versucht; sie wollte einfach sehen, was sie damit zustande bringt."

Lewis Frant starrt den grünen Engel an. „Nun“, sagt er. „Das hatte ich vergessen.“

„Was?“

„Hier war etwas anderes. Kein Engel, aber irgend etwas anderes. Eine von den Eiben war irgendwie in Form geschnitten.“ Er runzelt die Stirn und versucht sich zu erinnern.

Das wäre dann eine Markierung für den Eingang zum vergessenen Garten gewesen, denke ich, irgend etwas an dieser Stelle, eine in Form geschnittene Eibe. Ein Hinweis auf den Eingang? Ein Signal für jemanden, damit er ihn fand?

„Was?“ frage ich. „Was war es?“

„Ein Tier“, sagt Lewis Frant. „Ja, genau. Eine von diesen großen Eiben war wie ein Tierkopf beschnitten. Ein Fuchs. Es war ein Fuchskopf.“

Nachdem Lewis Frant den Obstgarten verlassen hat und wieder zum Innenhof und zu den Gebäuden unterwegs ist, um seine Tochter zu besuchen, gehe ich an dem grünen Engel vorbei, zwänge mich durch die Eibenhecke und betrete den vergessenen Garten. Ich war versucht gewesen, ihn Lewis Frant zu zeigen, hatte dem aber widerstanden mit der Begründung, daß er, falls er von seiner Existenz etwas wüßte, ihn auch erwähnt hätte.

Ich sitze auf der Bank am Rand des Gartens und schlage die Gartenkladde des Obergärtners auf. Mr. Thoby, denke ich. Hier sind Mr. Thobys Aufzeichnungen über seinen Garten. Ich betrachte die Liste der Namen vorne in diesem Buch und blättere dann weiter bis zum letzten Eintrag aus dem Jahr 1916, als die Gärten mehr oder weniger brachlagen. Thomas Walton, Samuel Hood und William Allen, ihre Namen sind alle durchgestrichen. Mit geraden, entschlossenen Strichen. Alle drei Männer fielen im Krieg.

32

Der letzte Garten der Trilogie steht im Juni in voller Blüte. Es ist der Garten des Glaubens, und er besteht nur aus einer einzigen Pflanze. Eine riesiges, wogendes Dickicht aus weißen Rosen. Es überwuchert inzwischen vollständig die Laube, die, ähnlich wie meine rustikale Bank, aus Zweigen und Stöcken gezimmert ist. Die Zweige des Rosenstocks müssen einmal gefällig durch das Holz geflochten gewesen sein, und zwischen den üppigen weißen Blütenkaskaden und den klaren, geraden Linien der Stöcke muß ein harmonisches Gleichgewicht bestanden haben. Inzwischen hat die Rose ihre Stütze völlig erobert, und eine Seite der Laube ist unter dem Gewicht der Blüten und Ranken zusammengebrochen.

Ich tue nichts an dieser Rose. Ich schneide sie nicht zurück und binde sie nicht hoch, ziehe sie auch nicht an der Laube entlang. Ich schneide ein paar Blüten ab, um sie auf meinem Ausschnitt des Verdunklungsvorhangs im Radiozimmer festzustecken, doch das ist alles. Nachdem ich in der Erde unter der Laube herumgewühlt und den Namen dieses Gartenabschnitts auf einem Stein gefunden habe, habe ich entschieden, daß es dem Glauben überlassen sein sollte, seinen Weg selbst zu finden.

Die Rose trägt den Namen „Madame Hardy“. Es ist eine Damaszenerrose mit üppigen, doppelten Blüten, die häufig so groß sind wie eine gespreizte Hand. Sie duftet sehr stark, und das Parfüm ist mit einem Hauch von Zitrone unterlegt. „Unvergeßlicher Duft“, heißt es, als ich in meinen Büchern nachschlage. Sie ist groß für eine Strauchrose und kann als Kletterrose eingesetzt werden, so wie hier im vergessenen Garten. Ein besonderes Merkmal dieser schönen Rose ist das kleine grüne Auge in der Blütenmitte. „Wie ein Smaragd im Schnee“, heißt es in meinem Nachschlagewerk. Sie wurde von Eugene Hardy 1832 im Jardin du Luxembourg in Frankreich gezogen und nach seiner Frau benannt. Ironischerweise handelt es sich um eine nicht sehr „harte" Rose; sie muß oft gestützt und hochgebunden werden, wird von Wind und Regen leicht beschädigt. Vielleicht ist das der Grund, warum sie um die Laube geflochten wurde.

Ich sitze auf der Bank in der Sonne und betrachte das weiße Gestöber, das das eine Ende des Gartens verankert. Warum diese Rose und nicht eine andere? Ich blicke über das Blumenbeet hinweg auf den dahinterliegenden Wald, wo sich die dünnen Baumspitzen in den gelobten blauen Himmel recken. Ich weiß nicht mehr, was ich denken soll. Ich hatte gehofft, daß Doris' Vater einige Antworten wüßte, doch die einzige interessante und vage nützliche Information, die er mir geben konnte, betraf die in Form eines Fuchses beschnittene Eibe vor diesem Garten. Das bringt mich dem Geheimnis nicht näher.

Die Sonne funkelt auf dem reinen Weiß der Rosen. Madame Hardy, denke ich. Thomas Hardy. Thomas Walton, so hieß der Untergärtner, an den sich Lewis Frant erinnerte, der oft im Obstgarten gearbeitet hat. Doch ich habe in diesem Garten den Faden verloren. Ich habe ihn nicht in seiner Originalsprache gefunden. Ich habe ihn in einer fremden Schrift entdeckt und versucht, sie zu übersetzen, damit sie auf dieser Welt für mich einen Sinn ergibt, aber sie erschließt sich mir nicht. Die Vergangenheit erschließt sich mir nicht, während ich mitten an diesem hellen Juninachmittag des Jahres 1941 hier sitze. Die Vergangenheit ist eine Sprache, die ich nicht lesen und auf die ich auch nicht antworten kann.

33

Jane ist beinahe fertig damit, David *Die Fahrt zum Leuchtturm* vorzulesen. Ich kann es nicht ertragen, daß die Geschichte bald zu Ende sein wird. Ich bin jetzt jeden Abend hier unten, draußen vor dem Zimmer, in dem sie sitzen, das Ohr an die geschlossene Tür gepreßt. Ich weiß nicht, was David von Virginia Woolf hält, da ich nie hören kann, was er sagt. Da ist nur das Klicken seiner Stricknadeln unter dem gleichmäßigen Rhythmus von Janes Vorlesestimme, wie das Geräusch einer kleinen Maschine oder einer Grille in der Dämmerung.

Ich halte mich nun an allem fest, an jeder Szene, jedem Wort. Ich höre die Pause, die Jane am Ende jeder Seite einlegt, und empfinde ein solches Gefühl von Verlust, daß ich beinahe in Tränen ausbreche. Auf Wiedersehen, Mrs. Ramsay, auf Wiedersehen, Lily Briscoe auf dem Rasen. Auf Wiedersehen dem Boot, das schließlich mit Mr. Ramsay und seinen beiden jüngsten Kindern zum Leuchtturm hinaussegelt. Der Wind hat gerade nachgelassen, und die Kinder registrieren das an den Segeln. Ihre Gefühle verlangsamen sich mit der Geschwindigkeit des Bootes. Mr. Ramsay bemerkt es nicht, er liest ein Buch.

Ich lehne den Kopf gegen die Tür, und sie öffnet sich einen Spalt. Ich kann Jane beim Vorlesen sehen, sehe sie dicht neben David sitzen, den Kopf über den Pullover gebeugt, den er aus seinen Wollsträngen anfertigt.

Da auf dem Rasen steht Lily Briscoe und versucht, ihr Gemälde zu Ende zu bringen; sie blickt von ihrer Staffelei auf zu einer Erinnerung an Mrs. Ramsay, wie sie zusammen mit James auf den Stufen zum Haus steht. Ihre Hand hält den Pinsel wie ein Dirigent seinen Taktstock. Darin liegt die Musik dieses Moments, in diesen Worten und Bildern, und plötzlich weiß ich, daß es keine Rolle spielt, ob es Mrs. Woolf war oder nicht, der ich an jenem Juniabend vor sieben Jahren durch London gefolgt bin. Ich werde ihr nie näher sein als jetzt. Das Buch ist eine gemeinsame Erfahrung, eine gemeinsame Vertrautheit. Da ist Virginia Woolf, die ihre Füllfeder in die Tinte taucht und von ihrem Blatt aufblickt zu Lily dort auf dem Rasen, zu der Aussicht vor ihrem Fenster. Hier bin ich und schaue durch das Zimmer in die sommerliche Dunkelheit, die an diese verhangenen Fenster klopft. Da ist Jane, die diese Worte laut einem jungen Soldaten vorliest, der neben ihr sitzt. Dieses Buch ist ein Ort, an dem wir alle zusammenkommen. Die Figuren sind auf der Seite festgeschrieben. Die Autorin, die immer nur an diesem Buch schreibt, nicht gärtnert oder spazierengeht oder sich unterhält; während man liest, ist sie nur hier und schreibt. Sie steht am einen Ende der Schreiberfahrung und der Leser am anderen, und das Buch ist der Kontakt zwischen beiden. Und das ist es, was du tust, wenn du dich in dem Buch befindest, es betrittst, wie man ein Zimmer betritt und durch die Glastüren draußen im Garten Lily Briscoe auf dem Rasen stehen und malen siehst.

Das Schreiben ist für einen Schriftsteller, als öffne er seine Brust und entblöße sein schlagendes Herz. Und auch wenn alles heilen will, sich schließen und das Herz beschützen, muß der Schriftsteller doch dafür sorgen, daß es nackt und ungeschützt bleibt. Indem er das tut, wird das ganze Leben, werden all die kleinlichen, alltäglichen Forderungen in Schach gehalten. Das Herz ist ein Fluß. Der Akt des Schreibens ist das fließende Gewässer, das die Ufer auseinander- und die Wortmuskulatur in Bewegung hält, so daß der Leser sich von dieser Bewegung davontragen lassen kann. Genügend Raum und die Möglichkeit, sich von seinen irdischen Belangen zu lösen – gibt es eine größere Freiheit als diese?

Ich wische mir mit der Hand über das Gesicht. Ich weine. Ich möchte nicht schniefen, denn man könnte mich hören. Ich lehne den Kopf an die Tür, und sie öffnet sich noch ein wenig weiter.

Die Geschichte ist zu Ende. Jane klappt das Buch zu. Als sie zur letzten Szene kam, hat sie langsamer gelesen, als wollte auch sie das Buch nicht verlassen. Sie sagt nichts, klappt das Buch einfach zu und hält es auf ihren Schoß und blickt weiter darauf hinunter.

Ich sollte gehen, kann mich aber nicht vom Türrahmen lösen. Ich stehe da wie angewurzelt.

David legt seine Nadeln zur Seite. „Das war schön", sagt er. Und dann: „Mir ist die Wolle ausgegangen. Ich muß ins Haus zurück."

Jane hebt den Kopf. „Da", sagt sie. „Nimm das." Und sie zieht mit einer einzigen flüssigen Bewegung ihren Pullover aus und gibt ihn David.

Es ist, als hätte ich Jane noch nie zuvor gesehen, sie nicht gekannt. Nun da sie nur mit einem Unterhemd bekleidet ist, sehe ich, wie unglaublich dünn sie ist. Der Umfang ihrer Arme ist nicht größer als die Stützen der Laube. Das Schlüsselbein zeichnet sich in allen Einzelheiten unter der Haut ab. Und mit dieser einen Geste lerne ich ihre fundamentale Wahrheit kennen. Als sie ihren Pullover auszieht und ihn ohne zu überlegen David gibt, damit er die Wolle benutzt, erkenne ich, wie Jane liebt. Und ich weiß, ich weiß von ganzem Herzen, daß es auf der Welt keinen Schutz gibt für jemanden, der so liebt wie sie.

34

Die Hühner verschwinden mit einer Rate von ungefähr einem pro Woche. Jetzt sind nur noch drei in dem Auslauf übrig, nur noch drei Möglichkeiten herauszufinden, was ihnen zustößt. Ich bin entschlossen, das Geheimnis aufzudecken, und verbringe ab jetzt jede Nacht im ummauerten Garten. Ich bringe aus dem Radiozimmer ein Stuhlkissen mit heraus, außerdem eine Decke für kühlere Nächte, und baue mir eine Art Nest zwischen Gartenmauer und Mr. Thobys Büro. Ich nehme eine Thermoskanne Tee und eine batteriebetriebene Taschenlampe mit, falls ich den Missetäter überrasche und stellen muß, obwohl ich im Lauf der Nacht vom Herumsitzen so steif werde, daß ich Mühe hätte, schnell auf die Füße zu kommen und in Verfolgung des Diebes dramatisch durch den Garten zu sprinten. Ich bin nicht stolz darauf, daß ich gelegentlich auf der Lauer eingeschlafen bin; aber glücklicherweise passierte nie etwas Unbotmäßiges, während ich an die Ziegel gelehnt vor mich hinschnarchte.
Dies ist jetzt die dritte Nacht, in der ich Wache halte. Der Mond steht hoch am Himmel. Falls heute nacht ein Eindringling kommt, werde ich nicht einmal meine Taschenlampe brauchen. Ich kann quer durch den Garten sehen, wo die Hühner sich zweifellos furchtsam in ihr Strohbett kauern.
Ich habe nur Jane von meinem Plan erzählt. In den vergangenen beiden Nächten habe ich sie auf ihrem Pferd vorbeiklappern hören, auf dem Weg zu ihrem Ausritt über die dunklen Felder. Ich muß zugeben, daß das Geräusch des Pferdes auf den Steinen mich letzte Nacht geweckt hat, als sie ganz früh am Morgen auf dem Rückweg zum Stall am Garten vorbeiritt.
Wenn ich hier draußen nur lesen könnte, dann wäre es weniger wahrscheinlich, daß ich einnicke. Die Langeweile

macht mir zu schaffen, wenn ich so viele Stunden hintereinander reglos dasitzen muß.
Heute nacht finde ich keine Ruhe. Es gelingt mir nicht, es mir in meiner provisorischen Ecke bequem zu machen. Ich rutsche auf dem Kissen hin und her, wickle mich in die Decke, reiße sie mir wieder herunter. Ich möchte Tee trinken, zur puren Erleichterung, weil ich dann etwas zu tun hätte, fürchte aber, daß ich ein Problem bekomme, wenn ich es zu früh tue – Tatsache ist, daß es hier draußen keine Toilette gibt und daß das ab einem gewissen Punkt während der Nacht zu einem Problem wird.
Ich starre durch den mondbeschienenen Garten auf den Hühnerstall und versuche, mittels Willenskraft etwas geschehen zu lassen, doch es funktioniert nicht, alles ist so ruhig wie immer.
Ich bin so geplagt mit meiner langweiligen Aufgabe, daß ich im selben Moment, in dem ich jenseits der Gartenmauer das Pferd höre, auf die Füße springe und hastig durch die Tür renne. Jane reitet gerade langsam vorbei. „Warte", sage ich und renne neben dem Pferd her, um mit ihr Schritt zu halten. „Wo gehst du hin?"
Jane nimmt die Zügel an, und das Pferd hält in seinem Vorwärtsdrang inne. „Sie wissen, wo ich hingehe", sagt sie.
„Möchtest du nicht zuerst einen Tee trinken?" Ich habe sonst nichts anzubieten, und wenn ich schließlich dazu komme, den Tee zu trinken, ist er häufig sowieso kalt.
Jane grinst mich an. „Ein bißchen gelangweilt, ja?" sagt sie. „Keine Geister, die Ihnen Gesellschaft leisten?" Sie schwingt sich von ihrem Pferd herunter. „In Ordnung", sagt sie. „Ich komme und setze mich ein Weilchen zu Ihnen." Sie führt das Pferd vom Weg herunter und schlingt die Zügel um einen Baum dicht neben dem Rasen.
„Nimm du das Kissen", sage ich, als ich sie schließlich in den ummauerten Garten gelockt habe. Doch sie ist so klein,

daß meine großzügige Geste unnötig ist. Es ist Platz genug für uns beide, uns nebeneinander auf das rechteckige grüne Polster zu hocken.
Jane blickt auf die Erde in den Beeten. „Es sieht sehr schön aus nachts“, sagt sie. Sie wendet sich an mich. „Und wie steht es jetzt mit dem Tee?“
Ich gieße ihr Tee in die einzige Tasse, die ich mitgebracht habe, und benutze selbst den Metalldeckel der Thermoskanne. Wir sitzen auf dem Kissen in dem dunklen Garten und nippen an unserem Tee. Ich bin so dankbar für ihre Gesellschaft, daß ich ganz vergesse, daß ich Wache halte und mich statt dessen lieber unterhalten möchte.
„Pssst“, sagt Jane immer wieder. „Wir warten auf den Geist.“
Nach einer Weile beruhige ich mich, kann stillsitzen und beobachten. Jane beruhigt mich. Das dachte ich auch, als ich sie durch die Tür des Radiozimmers vorlesen hörte. Wie ruhig und gleichmäßig ihre Stimme klang, als sie David Virginia Woolf vorlas. Ihre Vorlesestimme glich einer kühlen Hand, die sich auf meine brennende Stirn legte. Ich möchte ihr erzählen, daß ich sie vorlesen gehört habe, aber ich weiß nicht, wie sehr es ihr etwas ausmachen würde, daß ich ihr und David nachspioniert habe, denn so könnte es verstanden werden, als Spionage.
„Warum ißt du nichts?“ frage ich statt dessen, denn mir kommt ihr dünner Körper wieder in den Sinn, als sie sich den Pullover über den Kopf zog. Und als ich später darüber nachdachte, fiel mir auf, daß ich sie nie eine volle Mahlzeit habe essen sehen. Sie fand immer eine Ausrede, wenn sie den Teller beim Abendessen von sich wegschob.
Jane sieht mich an. „Nicht“, sagt sie. „Ich esse genug, um am Leben zu bleiben. Das ist das einzige, was zählt, oder nicht?“
Sie hat kein Sicherheitsnetz. Das habe ich in der Nacht, als sie David ihren Pullover gab, sehr deutlich erkannt. Keinen

Schutz. Plötzlich habe ich große Angst um sie. „Was ist, wenn Andrew nicht zurückkommt?“ frage ich.
Draußen vor dem Garten ist ein Geräusch zu hören. Ein Aufwiehern des Pferdes, als wäre es plötzlich erschrocken. Etwas Weißes blitzt vor dem Hühnerstall auf, springt über den Zaun des Auslaufs. Ich bin zu erschrocken, um wie geplant auf die Füße zu springen. Es passiert alles so schnell, daß ich mir nicht sicher bin, was ich gesehen habe. Jane hat meine Hand gepackt, und wir beobachten, wie die weiße Gestalt wieder aus dem Hühnerstall auftaucht, ein panisch flatterndes Huhn zwischen den Zähnen. Der Geist von Mosel ist ein Albinofuchs. Er springt über den Zaun des Auslaufs, stürmt seitlich davon und verschwindet offensichtlich durch ein Loch in der Mauer.
Ich sehe Jane an. Sie sieht mich an. Sie hat meine Hand nicht losgelassen. „Das wurde sehr fachmännisch erledigt“, sagt sie. Ich denke an das, woran sich Lewis Frant erinnerte, daß eine der Eiben, die meinen vergessenen Garten begrenzen, in Form eines Fuchses beschnitten war. Vielleicht hat es diese Albinofüchse auf dem Gelände von Mosel schon immer gegeben. Und wahrscheinlich sind Jane und ich nicht die ersten, die hier draußen im ummauerten Garten saßen und darauf warteten, daß der Geist sich zeigte. Ich habe allmählich das Gefühl, als wäre alles früher schon einmal passiert, als wäre unsere Geschichte bereits erzählt worden. Und so wie es außer unserer Macht stand, den Fuchs an seinem Hühnerdiebstahl zu hindern, scheint alles, was in Mosel geschieht, unvermeidlich zu sein. Dies ist eine Geistergeschichte. Und wir sind irgendwie zu den Geistern jener jungen Männer geworden, die vor dem Ersten Weltkrieg auf diesem Anwesen gearbeitet haben. Die Lebenden sind tot.
„Gwen“, sagt Jane. „Was ist los? Sie sehen aus, als hätten Sie gerade einen Fuchs gesehen.“

Das löst alles. Die Patina der Gegenwart, die über der Vergangenheit lag, hebt sich, und wir befinden uns einfach im Jetzt. Ich bin hier in diesem Garten, im Dunkeln, und Jane ist neben mir. Die Ackerfurchen schimmern naß im Mondlicht. Ich lasse ihre Hand los. „Ja“, sage ich. „Das wurde sehr fachmännisch erledigt.“

35

Die Arbeit auf dem Gelände geht gut voran. Ende Juni hat es langsam wieder Ähnlichkeit mit sich selbst. Das Wetter ist so gut, daß wir beschließen, eine der Tanzveranstaltungen mit den Soldaten draußen auf dem Rasen hinter dem Speisesaal abzuhalten, auch wenn die Nächte ein wenig kühl sind.

Es gibt eine große Diskussion über die Beleuchtung bei dieser Veranstaltung. Die Mädchen möchten Fackeln in den Rasen stecken wegen der romantischen Atmosphäre, doch wegen des Krieges ist nachts im Freien kein Licht erlaubt.

„Aber der Krieg kommt nie bis hierher“, sagt Golden Wonder, als ich sie an die Beleuchtungseinschränkungen erinnere, denen wir gehorchen sollen. „Adolf ist damit beschäftigt, in Rußland einzumarschieren. Können wir die Fackeln nicht einfach löschen, wenn wir ein Flugzeug hören?“ Sie hat eine ernsthafte Romanze mit einem der kanadischen Soldaten und möchte, daß alles so hübsch wie möglich aussieht, wenn die Männer zum Tanz kommen.

Tatsache ist, daß wir den Krieg jetzt leicht ignorieren können. Unsere Arbeit auf dem Anwesen hat sich vom Kriegseinsatz zur Restaurierung gewandelt. Wir leben in Mosel, als wäre es der Ort, an dem wir wirklich leben, nicht nur, weil wir hierher abkommandiert wurden. Und Golden Wonder hat recht, der Krieg ist fern von hier. Er besteht aus den allabendlichen Nachrichten, und in letzter Zeit haben wir sogar die ausgeschaltet, bevor sie zu Ende waren. Fälschlicherweise, wie sich herausstellen würde, glaubten wir, der Krieg wäre etwas, was wir abwählen könnten, als ob wir uns einfach entscheiden könnten abzuspringen, wenn wir es wollten.

Also stimme ich den Fackeln und Golden Wonders ziemlich idiotischem Vorschlag zu, sie beim ersten Hinweis auf einen Bomber über uns zu löschen. Für meinen persönlichen Seelenfrieden bestehe ich darauf, daß nur halb so viele Fackeln angezündet werden, die die Mädchen ursprünglich wollten. Damit sind alle einverstanden, und es dauert eine Ewigkeit, bis die Women's Land Army die Fackeln hergestellt und im Rasen plaziert hat. Als sie am Abend der Tanzveranstaltung alle brennen und auf dem Rasen glühen wie Leuchtkäfer, muß ich zugeben, daß es nie etwas Schöneres gegeben hat. Nachdem wir sie alle angezündet haben, stehen wir einfach auf dem Rasen, beinahe unter Schock, glaube ich. Es ist Jahre her, daß wir nachts ein freundliches Licht gesehen haben. Jahre. Das gewöhnlichste Ereignis ist zu einem außergewöhnlichen Moment geworden, in dem wir schweigend nebeneinander auf dem Rasen stehen und zusehen, wie die Fackeln die Dunkelheit erleuchten.

Wir hören, wie die Männer die Straße herunterkommen, die vom Haus hierherführt. Die Musik aus dem Grammophon spult sich durch die Dunkelheit. Evelyn und Alice und Golden Wonder, die in Wirklichkeit Daphne heißt, laufen auf die Straße, um ihnen entgegenzugehen.

„Gott sei Dank kann uns jetzt niemand von den Höheren sehen", sage ich zu Jane, die mit mir neben einem der verrückten hellen, verbotenen Leuchtfeuer auf dem Rasen steht.

„Machen Sie sich keine Vorwürfe“, sagt sie. „Jede Gesellschaft versinkt im Schlamm des Hedonismus, wenn man sie läßt.“

„Ja, genau“, sage ich. Ich fange wieder an, mich schuldig zu fühlen, habe das Gefühl, ich hätte alles zum Stoppen bringen müssen, ehe es so außer Kontrolle geriet. Ich sehe Jane an, die gelassen neben mir steht. Wenn ich ihr das sagte, würde sie mir lediglich antworten, daß ich mich für mächtiger hielt, als ich tatsächlich bin. Und ist es nicht so? Ich bin eine von vielen, nicht eine über vielen. „Es ist eine gemischte Rabatte“, sage ich zu Jane.

„Wovon reden Sie?“ Jane zündet sich eine Zigarette an. Die Männer biegen um die Hausecke. Daphne tanzt bereits mit ihrem Soldaten. Der Mann, der das Grammophon trägt, geht hinter ihnen her. Ich sehe Raley am Ende der Schlange, und mir wird übel.

„Zücken Sie Ihre Tanzkarte“, sagt Jane, und wir gehen nach vorne, um die Männer zu begrüßen.

36

Bevor der Tanz richtig beginnt und die Mädchen noch mit den Fackeln herumhantieren und die Soldaten mit der Musik, stehe ich mit David am Rand der grasbewachsenen Tanzfläche. Er raucht eine Zigarette. Wir sehen beide zu Jane hin, die mit ihren Streichhölzern von Fackel zu Fackel läuft.

„Was wird aus Ihren Pullovern?“ frage ich.

„Was?“ Er sieht mich verwirrt an.

„Ihre Pullover“, sage ich. „Die Sie stricken.“

„Ich schicke sie nach Hause zu meiner Freundin.“ David tritt seine Zigarette aus und greift in seine Jackentasche. „Sie

trägt sie an Orten, wo wir früher zusammen gewesen sind. Ihre Schwester photographiert sie dabei, und sie schickt mir das Bild." Er zieht eine Handvoll kleiner Photos heraus und tippt auf das oberste. „Das ist sie. Das ist Abby."
Ich sehe das Bild eines jungen, dunkelhaarigen Mädchens, das auf einem großen dunklen Felsen steht.
„Dort sind wir im Frühjahr immer rudern gegangen und haben nach Vogeleiern Ausschau gehalten." David tippt wieder auf das Photo. „Das war der beste Pullover, den ich je gestrickt habe. Man kann es hier nicht erkennen, aber es ist der Nachthimmel über diesem Felsen. Der Pullover ist aus schwarzer Wolle mit weißen Sprenkeln wie die Sterne am Himmel. Ich habe sogar die Konstellationen richtig hingekriegt", sagt er.
Wenn ich mir das Photo in Davids Hand, das Mädchen auf dem Felsen und den Pullover des Mädchens genau ansehe, kann ich in dem Schwarzen weiße Punkte erkennen. Ich verstehe, was er meint. Ich verstehe, wie ihre Liebe funktioniert. Daß er für sie ein Rätsel entwirft, das sie lösen muß. Und sie schickt ihm den Beweis.
„David!" Jane winkt über den Rasen.
David grinst mich an und steckt hastig die Photos in seine Tasche zurück. „Die Pflicht ruft", sagt er und springt den Abhang hinunter auf Janes winkende Gestalt zu.
Der Rasen hinter dem Speisesaal ist flach und fällt zum Südgarten hin sanft ab. Als der Abend kühler wird, steigt Nebel auf, Dunstkokons schweben über dem Gras. Mehrere Fackeln verlöschen wegen der Feuchtigkeit und müssen neu angezündet werden.
Später stehe ich mit Raley an derselben Stelle wie vorher mit David. Paare nehmen plötzlich im Nebel Gestalt an und verschwinden wieder. Die Musik kündigt sie an und beklagt sie. „Ich habe den Geist von Mosel gesehen", erzähle ich Raley. „Es war ein weißer Fuchs."

„Gut gemacht, Captain Davis.“ Raley trinkt aus seinem Flachmann und vergißt, ihn an mich weiterzureichen. Er war den ganzen Abend über sehr distanziert, stand einfach da und beobachtete die Soldaten und die Mädchen beim Tanzen.

Ich nehme ihm die Flasche aus der Hand und trinke einen Schluck. Er sieht mich überrascht an. „Sie haben Ihre Manieren vergessen“, sage ich. Und dann geht mir auf, daß er der Mensch mit den besten Manieren ist, den ich je getroffen habe. Er war in jeder Situation stets überaus höflich. „Was ist passiert?“ Ich gebe den Whisky zurück, und er trinkt erneut.

„Wir werden abkommandiert“, sagt er. „Morgen verlegen sie uns nach Sussex. Von dort aus gehen wir in den Krieg. Ich habe es den Männern noch nicht gesagt. Dachte, ich lasse ihnen noch einen letzten sorglosen Abend, an dem sie sich amüsieren können.“

Ich sehe zu, wie die Tänzer im Nebel sich drehen. Die Fackeln leuchten hinter ihnen wie Kerzen, die jemand in einem Fenster brennen lassen hat, um sie nach Hause zu geleiten. „Gehen Sie nicht“, sage ich, aber zum Glück hört er mich nicht.

„Schauen Sie sie sich an“, sagt Raley. „Heute in einem Jahr könnten wir alle tot sein. Kommt einem das nicht unglaublich vor?“

Eine leichte Brise wirbelt den Nebel vor uns sachte durcheinander, als werde er umgerührt. Der Wind kommt von Süden. Ich kann das Meer darin riechen. „Kommen Sie mit“, sage ich zu Raley und nehme ihn bei der Hand und führe ihn weg von den Tanzenden.

Sogar im Dunkeln, während der Mond immer wieder zwischen den Wolken auftaucht und verschwindet, finde ich den Weg durch den Obstgarten und um die Steinmauer herum. Der grüne Engel sieht in der Dunkelheit düster aus, wie er so aus der Hecke herauswächst. Ich bin mir nicht sicher, ob Raley ihn überhaupt sieht, als ich ihn zwischen den Eiben durch die Lücke ziehe.

Der Garten liegt silbern im Nebel und im Mondlicht. Er sieht aus wie unter Wasser, ganz verschwommen und fließend. Ich halte immer noch Raleys Hand und führe ihn darum herum. „Dies ist ein Geheimnis", sage ich. „Niemand weiß, daß es diesen Garten gibt. Er wurde von jemandem angelegt, der um 1916 in Mosel gearbeitet hat."

„Was ist es?" fragt Raley.

„Es ist ein Garten der Liebe." Ich führe ihn langsam von einem Ende zum anderen. „Hier ist die Sehnsucht, das meiste davon ist verblüht. Das ist der Verlust." Ich bleibe vor den wogenden Pfingstrosen stehen, die mitten in ihrem Sturz, beim Überbordgehen, erstarrt sind.

Doch Raley schaut nicht auf den Garten des Verlustes. Er blickt nach vorne, wo am Ende des Blumenbeets hell wie Sterne die Rosen schimmern. „Das sind die Rosen aus meinem Traum", sagt er. „An jenem Abend, als ich in ihrem Zimmer betrunken eingeschlafen bin. Sie brannten über meinem Kopf, und ich schwöre es, als ich aufwachte, brannten sie immer noch."

Wie in jener Nacht mit dem Fuchs habe ich das Gefühl, als wären wir in einen Spalt gestürzt, den die Vergangenheit geöffnet hat. Ich habe das Gefühl, daß unsere Geschichte bereits erzählt wurde. Vielleicht hat derjenige, der diesen Garten geschaffen hat, in meinem Zimmer geschlafen. Vielleicht ist das, was in Raleys Traum geschehen ist, dort tatsächlich geschehen oder oft genug gedacht worden, um durch die Mauer der Zeit in die Realität einzudringen. Wir sind bereits unsere eigenen Geister, denke ich.

„Ich möchte nicht gehen, Gwen", sagt Raley. „Ich habe Angst."

Ich führe ihn zu der Bank und lasse ihn sich hinsetzen. Er legt den Kopf auf meine Schulter, und ich umfasse ihn mit beiden Armen und halte ihn fest, während er weint. Sein Kopf ist schwer, voller Regen. Ich berühre seine Wange, die kräftigen Knochen um seine Augen. Ich berühre sanft seine Lippen, so sanft, und dann küsse ich ihn. Ich küsse ihn, und er läßt es geschehen. Dann erwidert er meinen Kuß. Wir pressen uns aneinander und rutschen von der Bank herunter ins Gras. Ich zerkratze mir beim Fallen den Arm. Diesen Kratzer werde ich länger haben, als ich je jemanden haben werde, und in den kommenden Wochen werde ich ihn immer wieder öffnen, ihn nie verheilen lassen, damit die gezackte, blutige Naht sich immer wieder füllt und leert.

Raley liegt auf mir. Sein Körper ist schwer und beharrlich. Er küßt mich, und ich habe das Gefühl, als hätte ich nie zuvor geatmet. Daß ich die ganze Zeit bis jetzt nur am Sterben war. Ich schlinge meine Arme um ihn, spüre seine Rippen unter dem Hemd, ziehe das Hemd hoch und lasse meine Finger über seine Haut streichen, die zart ist wie Blütenblätter. Geh nicht, denke ich, als ich meine Finger über jeden stumpfen Dorn seiner Wirbelsäule gleiten lasse. Geh nicht. Der Mond tritt hinter einer Wolke hervor und färbt sein blondes Haar weiß in der milchigen Dunkelheit, in der dünnen, milchigen Dunkelheit. Dann kommt ein Wind auf, und ich kann die Rosen riechen. Ich schwöre es, das ist es, es ist der Duft der nächtlichen Rosen, der mich sagen läßt, was ich fühle, aber niemals aussprechen wollte. Es ist der Duft der Rosen, und ich schwöre es, dies ist schon früher geschehen. Sie haben das schon früher verursacht. Sie brennen über mir. Raley brennt über mir. „Ich liebe dich", sage ich.

Später werde ich wieder und wieder denken, wenn ich nur diese Worte nicht gesagt hätte, wären wir in jener Nacht

Liebende geworden. Doch als ich ihm sagte, daß ich ihn liebe, hat Raley sich versteift und ist von mir heruntergerollt. Er liegt auf dem Rücken neben mir im Gras, die Hände vor das Gesicht geschlagen. „O Gwen“, sagt er. „Nein.“ Und dann setzt er sich auf.

Dieses Gefühl, nachdem er meinen Körper sich selbst überlassen hat, ist das der größten Einsamkeit, die ich je erlebt habe. Und es wird nie etwas geben, um mich davon zu erleichtern. Einen Augenblick lang war ich nicht mehr leer. Einen Augenblick lang war ich lebendig. Bis ich den Fehler beging, es Liebe zu nennen.

„Es tut mir leid“, sagt Raley. „Es tut mir wirklich leid.“

Ich kann nicht aufstehen. Ich liege rücklings im Gras. Ich spüre den brennenden Kratzer auf meinem Arm. „Im Dunkeln bin ich nicht so übel, oder?“ Ich sage es einfach, denn es spielt keine Rolle, ob ich jetzt die Wahrheit sage.

Raley kniet neben mir. „Gwen“, sagt er und hebt mich auf und drückt mich an seine Brust, während ich weine. „Du irrst dich so sehr über dich selbst. Du bist überhaupt nicht übel. Aber ich kann nicht“, sagt er. „Es wäre alles so unfair.“

„Aber das ist mir egal“, sage ich an seinem Hals. Es ist mir egal. Es ist mir egal, ob er mich wiederliebt. Es ist mir egal, daß er morgen geht. Ich brauche nur das Gefühl, daß er wieder auf mir liegt. Das ist alles, was ich brauche. Aber ich weine zu sehr, um die Worte herauszubringen.

„Gwen“, sagt Raley. Ich spüre die Spannung in seinem Körper, spüre seine schwitzenden Hände durch mein Hemd. „Mein Freund Peter, der gestorben ist, war nicht nur mein Freund. Er war mein Geliebter. Wir waren Liebende seit wir jung waren. Ich habe es versucht. Hier in Mosel habe ich versucht, darüber hinwegzukommen. Aber ich kann nicht. Für mich kann es nie jemand anderen geben.“ Raley läßt mich los, und wir sehen einander über die große Kluft hinweg an, die sich zwischen uns aufgetan zu haben scheint. Ich erinnere mich, als ich das erste Mal zum Haus hinaufging, um mit ihm zu sprechen; als er das Mozart-Requiem hörte. Ich war für ihn nur ein weiterer Versuch, sich zu trösten. Ein weiteres Senfpflaster.

„Es tut mir leid", sagt er. „Es tut mir wirklich leid." Er steht auf.

Ich wische mir mit dem Ärmel über das Gesicht, um die Tränen abzutrocknen, und rapple mich ebenfalls auf. Hinter Raley kann ich das spöttische Weiß der Rosen erkennen. Und es ist genau so, wie ich es mir immer vorgestellt habe: Der Garten war geschaffen worden, um einer Liebe zu gedenken zwischen jemandem, der in Mosel arbeitete, und jemandem aus dem Dorf, zwischen einem Mann und einer Frau, und ich begreife jetzt, daß diese Geschichte auch anders gewesen sein könnte. Thomas oder Samuel oder William konnten diesen Garten für einen anderen Gärtner auf dem Anwesen geschaffen haben, aber auch füreinander. Nichts ist gewiß. Nichts ist bekannt. Die Rosen hinter uns brennen weiß in der Dunkelheit. Weiß wie Asche.

37

Die Soldaten verlassen das Anwesen am nächsten Morgen. Wir hören den Motor, als das Auto sich den Hügel hinauf- und hinunterwindet und die Männer zum Bahnhof bringt. Wir sitzen lange, nachdem das Frühstück vorbei ist, am Tisch und lauschen wieder und wieder diesem besonderen Lied. Beim Frühstück sind wir ein kleiner, grimmiger Haufen. Daphne ist heute morgen nicht erschienen. Jane ist nicht aus der Scheune aufgetaucht. Ich glaube, wir übrigen fürchten uns vor dem Alleinsein, auch wenn wir Probleme haben, miteinander zu sprechen. Wir sitzen einfach zusammen und halten beklommen Wache. Im Speisesaal ist es so still, daß ich draußen vor dem Fenster die Vögel singen höre.

Es ist Raley, der kommt, um auf Wiedersehen zu sagen. Die meisten der Männer sind bereits zum Zug gebracht worden. Er ist der letzte, der geht. Er kommt an die Tür des Speisesaals und hält ein in braunes Papier gewickeltes Päckchen in der Hand. Und obwohl ich nicht mit ihm sprechen und ihn nicht sehen möchte, kann ich mich nicht zurückhalten und laufe im selben Moment auf ihn zu, als er im Türrahmen auftaucht. Er ist in voller Uniform, sehr gepflegt und herausgeputzt, mit glatt gekämmtem Haar, dazu bereit, in den Krieg zu ziehen; und er sieht aus wie der Soldat, der er sein soll. Erst als ich dicht neben ihm stehe und in seinem Atem die vertraute Alkoholfahne rieche, bin ich mir sicher, daß er immer noch er selbst ist.

„Hallo, Captain Davis“, sagt er. Seine Stimme klingt warm und charmant wie immer.

„Hallo, Captain Raley.“

Er lächelt mich an, ein langsames, trauriges Lächeln. „Never morning wore/To evening, but some heart did break“, sagt er. „Das stammt aus diesem gräßlichen Gedicht.“

„Ich dachte, Sie hätten die Poesie aufgegeben?“

„Die Poesie ist ein wenig langsamer damit, mich aufzugeben.“ Raley streckt die Hand aus und berührt meine Wange. „Das hat mir gefallen“, sagt er. „Der Abend, als ich Ihnen aus diesem gräßlichen Gedicht vorgelesen habe.“

Ich fange beinahe an zu weinen, genau hier, an diesem Morgen im Speisesaal, mit den Mädchen am Tisch hinter mir. Der Abend, den Raley mir als Kompensation für meine Liebe angeboten hat, war in meiner Erinnerung hauptsächlich eine hektische Suche nach dem Grundstücksplan. Ich hörte kaum zu, als er mir vorlas. Ich denke daran, wie aufmerksam ich an der Tür zum Radiozimmer Jane zugehört habe, als sie David vorlas. Ich habe meine Chance verpaßt. Es gibt keine andere Möglichkeit, es auszudrücken. Ich habe meine Chance verpaßt bei etwas, das dem am nächsten kommt, was mir in der Kategorie Liebe wahrscheinlich jemals widerfahren wird.

„Gut", sage ich, denn mir fällt nichts anderes ein. Aber es ist ganz und gar nicht gut.

Raley nimmt die Hand von meinem Gesicht. Er hält mir das Päckchen hin. „Könnten Sie das Jane geben? David konnte sich nicht überwinden, persönlich zu kommen."

„Natürlich." Ich nehme das Päckchen. Das Papier knistert wie Feuer, als es zwischen uns weitergereicht wird. Raleys gute Manieren haben ihn hierhergeführt, um auf Wiedersehen zu sagen. Seine guten Manieren sind in diesem Augenblick mit Mut zu übersetzen. „Viel Glück", sage ich.

„Danke. Ich bin sicher, es ist Glück, was ich brauchen werde. Auf Wiedersehen, Gwen." Raley hebt die Hand und winkt den Mädchen über meine Schulter hinweg zu.

Geh nicht, denke ich, als er sich im Türrahmen umdreht und davongeht. Ich höre seine Schuhe auf den steinernen Stufen, während er von mir weggeht. Ich stehe einen Augenblick lang da, das Päckchen für Jane in den Händen, und dann renne ich durch den Speisesaal, renne durch den Verbindungsgang in den Westflügel. Ich hetze durch den Flur in mein Zimmer, packe, weswegen ich gekommen bin, und fliege draußen die Treppe hinunter, an Mr. Frants gemischter Rabatte vorbei, durch den Torbogen auf die Auffahrt hinaus. Der Wagen mit Raley auf dem Beifahrersitz fährt gerade ab. „Warten Sie!" Ich hole ihn völlig außer Atem ein und drücke ihm das Buch in die Hand. Wir sagen beide kein Wort. Ich bin zu sehr außer Atem von meinem wilden Lauf, um etwas Verständliches zu sagen. Er sieht mich mit einem Blick an, den ich nur als zärtlich interpretieren kann. Mein übliches Bollwerk aus Selbsterniedrigung zu Selbstschutzzwecken fällt unter diesem Blick völlig in sich zusammen. Er steckt mein Exemplar von *Die Fahrt zum Leuchtturm* in sein Jackett. Der Wagen fährt davon. Ich stehe noch auf der Auffahrt, lange nachdem er den Hügel hinuntergefahren und verschwunden ist. Am Bach vorbei durch das Dorf. Lange, nachdem er den Eingang zum Bahnhof passiert hat. In gewisser Weise stehe ich immer da und sehe zu, wie das Auto mit Raley davonfährt. Ich bin immer da. Sogar jetzt.

38

Ich lege das Päckchen für Jane in ihr Zimmer. Ich will im Augenblick niemanden sehen, nicht einmal sie. Ich lege das Päckchen einfach auf ihr ordentlich gemachtes Bett mit den glattgestrichenen Laken und gehe nach draußen, spaziere durch den Obstgarten zum vergessenen Garten. Es gibt keinen anderen Ort, wo ich hingehen könnte.

An Gärten hat mich immer interessiert, für welche Pflanzen sich die Menschen entschieden haben. Was sie in die Erde setzen. Was sie nicht setzen. Erst eine kleine Entscheidung und dann noch eine, und bald entsteht eine Stimmung, eine Atmosphäre, eine Reihe von Beschränkungen, eine eigene Welt. Ich hätte nicht die gleichen Pflanzen gewählt wie der anonyme Gärtner, wenn ich einen Garten der Liebe angelegt hätte, doch es gibt ein paar Pflanzen, die wir gemeinsam haben. Pfingstrosen für Verlust. Auch ich würde eine sich brechende Woge aus Pfingstrosen wählen, um Verlust auszudrücken.

Ich sitze auf der Bank gegenüber dem Garten. Ich habe schon so viele Stunden dagesessen. Ich habe immerzu dieses Stück bepflanzter Erde betrachtet und herauszufinden versucht, was es bedeutet, habe versucht, den Code zu entschlüsseln. Aber auf der Suche nach seiner Geschichte ist hier auch meine eigene Geschichte entstanden. Dies ist jetzt auch mein Garten.

Es ist ein drückender, wolkenverhangener Morgen, den uns die Soldaten in Mosel hinterlassen haben. Die Luft ist warm und feucht, vom Geräusch der Insekten und von Vogelgesang erfüllt.

Ich werde mich schließlich entscheiden müssen, wie ich meine Geschichte erzählen möchte. Und ich werde mich entscheiden müssen, wie ich die Geschichte desjenigen erzählen möchte, der diesen Garten angelegt hat, und die des Gartens selbst. Es muß einen Moment geben, wenn es weitergeht, wenn man alle Möglichkeiten hinter sich läßt. Und so stelle ich mir die Geschichte des Gartens vor. Ich glaube, jemand war in Thomas Walton verliebt. Es könnte jemand von außerhalb Mosels gewesen sein, aber wahrscheinlicher jemand, der auf dem Anwesen arbeitete. Vielleicht eine der Frauen aus der Küche. Vielleicht eines der Dienstmädchen aus dem Haus. Vielleicht sogar die Gutsherrin selbst. Vielleicht auch einer der anderen Gärtner. Samuel Hood oder William Allen. Wer immer der Verliebte war, diese Liebe mußte von etwas angefacht worden sein, was im Obstgarten geschah. Von etwas sehr Mächtigem. Einem Augenblick des Erkennens, der ein Leben veränderte.

Ich betrachte die Köpfe der Pfingstrosen, die unter ihrem eigenen Gewicht zu Boden gefallen sind, unter dem Gewicht einer Trauer, die zu schwer ist, um ertragen zu werden. Wie sie selbst zur Trauer werden und diese dann nicht mehr länger ertragen können. Wer immer den Garten anlegte, dessen Liebe muß absolut gewesen sein, ob sie nun erwidert worden war oder nicht. Diese Auswahl an Pflanzen erforderte viel Mühe und langes Nachdenken. Für

alles, was ausgewählt worden war, schied etwas anderes aus oder wurde übergangen.
Jemand liebte Thomas Walton wirklich. Das ist die Geschichte, die ich daraus ableite. Jemand liebte Thomas Walton wirklich und konnte es ihm vielleicht nicht sagen, wollte es ihm anhand dieses Gartens zeigen. Vielleicht schnitt dieser Gärtner vorher ein paar weiße Rosen und befestigte sie an dem hölzernen Bogen in meinem Zimmer, das auch Thomas' Zimmer war.
Was ich nicht wissen kann, ist, ob Thomas diesen Garten jemals gesehen hat. Aber ich würde sagen, ja. Der Garten ist voll bepflanzt. Er war bereits vor dem Exodus aus Mosel anläßlich des Ersten Weltkriegs fertig, und ausgenommen der Gärtner oder die Gärtnerin verlor angesichts der bevorstehenden Enthüllung völlig die Nerven, bin ich mir beinahe sicher, daß dieses Werk der Liebe Thomas übergeben wurde. Wie er darüber dachte, ist unmöglich zu erraten. Fühlte er sich geschmeichelt? Erschrak er? War es wie bei Raley und mir, oder gab es ein glücklicheres Ende?
Die Rosen sehen wunderschön aus in dem sanften Licht, ganz weich und prall von der morgendlichen Feuchtigkeit. Wie konnte jemand sich von diesem Geschenk abwenden? Nein, in meiner Geschichte ist Thomas von Liebe und Glück überwältigt, als ihm der Garten gezeigt wird. Er geht darin umher, betrachtet die Pflanzen und entschlüsselt mühelos den Code dieser Liebe. Er zerreibt die Blätter der Sweetbriar-Rose zwischen seinen Fingern und setzt ihren Apfelduft frei. Er versteht die Pfingstrosen, ohne das Schild mit der Beschreibung für diesen Abschnitt des Blumenbeets lesen zu müssen. Vor den Rosen bleibt er stehen. Er bleibt vor den Rosen stehen. Was kann er sonst tun?

39

Ich sitze den ganzen Tag bis weit in den Abend hinein im Garten. Ich bin nicht hungrig, gehe nicht in die Küche, um mir etwas zu essen zu holen. Da niemand weiß, wo ich bin, weiß auch niemand, wo er nach mir suchen soll. Irgendwann am späten Nachmittag höre ich auf der Auffahrt ein Auto, höre, wie es vor dem Torbogen anhält, und mein erster Gedanke ist, daß Raley zurückgekommen ist. Aber da er der einzige ist, der wüßte, wo er mich finden kann, und nicht auftaucht, verwerfe ich diesen Gedanken wieder. Ich sitze einfach da am Rand des Gartens und sehe zu, wie er sich im wechselnden Licht des Tages verändert. Als es Abend wird, verläßt das Licht zuerst den Boden, zieht sich nach oben zurück, als kletterte es aus einem Loch.

Es ist Jane, die mich entdeckt. Die Sonne ist beinahe untergegangen, und der Garten liegt düster in der frühen Dunkelheit. Ich höre ein Geräusch hinter mir in der Hecke, und dann ist Jane durch die Lücke geschlüpft und steht auf der anderen Seite der Eiben. Zuerst denke ich, sie sei auf der Suche nach mir hierhergekommen, doch sie sieht mich so überrascht und verzweifelt an, daß mir sofort klar wird, daß sie nicht damit gerechnet hat, jemandem hier zu begegnen. Sie trägt den Pullover, den David in den Nächten, als sie ihm im Radiozimmer vorlas, für sie strickte. Ich erkenne ihn und kann sogar in diesem schwachen, verschwommenen Licht die grünen Punkte darin ausmachen, die von dem Pullover stammen, den sie ihm gab. Das war in dem Päckchen enthalten, das Raley mir heute morgen gab.

„Hier stecken Sie also immer“, sagt Jane langsam, als begriffe sie das erst jetzt. „Ich dachte, ich wäre die einzige, die von diesem Garten weiß.“ Sie kommt zu mir herüber, und ich mache ihr Platz auf der Bank.

„Du warst schon früher hier?“ Ich bin erstaunt. Dies ist mein geheimer Ort.
„Erst seit ungefähr einer Woche. Ich habe den Engel beschnitten und sah hinter der Hecke etwas Weißes aufblitzen; deshalb bin ich hindurchgeschlüpft und habe die Rosen und all die abgestorbenen Pflanzen gefunden.“ Sie nimmt sich eine Zigarette. „Haben Sie ihn angelegt? Gehört er Ihnen, Gwen?“ Sie sieht mich an, und ihre Augen sind dunkel und liegen tief in den Höhlen. Sie hat noch nie so schlecht ausgesehen. „Denn er ist genau, wie ich mich fühle“, sagt sie. „Er ist das einzige hier, was genau dem entspricht, was ich fühle.“ Sie hat ihre Zigarette noch nicht angezündet, zupft an ihrem Pulloverärmel herum, wo ein dünner Wollfaden anfängt, sich aufzudröseln.
Jane hat den Garten rückwärts entdeckt, nur die Rosen stehen noch in Blüte. Von Glaube zu Verlust zu Sehnsucht. In dieser Reihenfolge ist es kein Garten der Liebe, sondern ein Garten des Todes.
„Bist du in Ordnung?“ frage ich.
„Haben Sie ihn angelegt?“ fragt sie wieder.
Das Licht weicht aus den Rosen. Sie sehen silbern aus, dann mauvefarben. Ich kann die Stengel nicht mehr erkennen, die sie miteinander verbinden.
„Ja“, sage ich. „Ja, ich habe ihn angelegt.“ Denn ich hatte an diesem Nachmittag das Gefühl, daß der Garten nun mir gehört. Hier wurde meine Geschichte erzählt. Und außerdem bin ich am Leben, und derjenige, der ihn anlegte, ist höchstwahrscheinlich tot. Ich kann mich um diesen Garten kümmern, ihn in Ordnung halten, seine Bedeutung bewahren. Es ist jetzt meine Geschichte.
„Dann kommen Sie“, sagt Jane. „Ich möchte Ihnen etwas geben.“
Es gibt vieles, was ich noch nicht weiß, als wir durch den Obstgarten zu den Ställen gehen, vieles, was noch kommt.

Am Nachmittag hielt hier ein Auto. Es war die Landkreisabgeordnete, Mrs. Billings, mit einem Brief für Jane. In dem Brief stand, daß man Andrews Leiche gefunden hatte. Er hatte sich nicht wie erwartet über dem Meer befunden. Sein Flugzeug war über Land abgestürzt. Sein Leichnam wurde in einem Wald in Frankreich gefunden; er hing in einem Fallschirm von einem Baum. Er war schon seit Monaten tot. Er war die ganze Zeit seit seiner Vermißtmeldung tot gewesen. Er war vermutlich nur die erste Stunde seiner Mission geflogen, ehe er abgeschossen wurde. Sein Leichnam war stark verwest. Er hatte einen Brief von Jane in der Tasche.

Jane sattelt den Rappen und führt ihn aus dem Stall. Ich weiß noch nichts von dem, was sie weiß, doch wir unterhalten uns nicht. Sie hilft mir auf den Pferderücken und gleitet vor mir in den Sattel, und wir reiten durch den Innenhof, den Hügel hinunter und am ummauerten Garten vorbei, weiter hinunter zum Südgarten und zu den dahinterliegenden Feldern.

Diese Dinge werden geschehen. Im August wird Churchill sich mit Roosevelt in Davids Heimatstadt Placentia Bay, Neufundland, treffen, und sie werden die Atlantik-Charta aufsetzen, in der die Friedensziele der Vereinigten Staaten und Großbritanniens formuliert werden. Zur gleichen Zeit wird Doris jeden Tag den Hügel hinauf in das leere Haus gehen, das die Soldaten zurückgelassen haben, und wieder und wieder Ravels „Pavane“ spielen. Manchmal werde ich draußen stehen und der Musik zuhören, die in der Dämmerung verweht.

Der Fuchs wird die letzten beiden Hühner holen. Ich werde es geschehen lassen, denn es ist schon früher geschehen, der Fuchs hat Hunger, und ich weiß, daß mein Bedürfnis, die Hühner zu retten, an sein Bedürfnis, sie zu töten, nicht herankommt. Das ist es, was etwas unvermeidlich erscheinen läßt, dieses Ungleichgewicht zwischen Hunger und Angst.

Ich werde endlich einen Brief an Virginia Woolf schreiben, einen echten Brief, auf Papier. Ich werde darüber schreiben, daß ich an der Tür gehorcht habe, als Jane David *Die Fahrt zum Leuchtturm* vorlas, während er seine Pullover strickte. Liebe Mrs. Woolf, werde ich sagen. Jane las abends einem Jungen Ihr Buch vor, der mitten in diesem Krieg, den Sie hinter sich gelassen haben, einen Pullover strickte. Und manchmal, wenn der Wind nachts vor meinem Fenster durch die Bäume säuselt, klingt es wie Jane, als sie laut ihre Worte las.

Wenn ich den Brief beendet habe, werde ich ihn in einen Umschlag stecken, „Mrs. Virginia Woolf" vorne draufschreiben und ihn in den Briefkasten werfen. Es ist das einzige, was ich tun kann. Zu diesem Zeitpunkt fühlt es sich an, als wäre es das einzige, was ich tun kann.

Und an dem Abend, an dem ich diesen Brief schreibe, werde ich ins Radiozimmer hinuntergehen, unruhig vor Tatendrang. Zu diesem Zeitpunkt ist Jane zu schwach, um ihr Zimmer zu verlassen. Obwohl ich an ihre Eltern geschrieben habe, kommen sie zu spät, um sie zu retten. Janes strikte Bedingungen sind durchbrochen, und ihr Vertrag mit der Welt ist abgelaufen. Bevor sie stirbt, werde ich an ihrem Bett sitzen, ihre Hand halten und ihr die Namen der Rosen aus *The Genus Rosa* vorlesen. Doch davor werde ich ins Radiozimmer hinuntergehen und mir ihre letzte Tat ansehen. Sie hat auf dem für sie reservierten Ausschnitt des Verdunklungsvorhangs schließlich doch ihre Geschichte erzählt. Neben den Zeichnungen der anderen von ihrem Zuhause und ihren Hobbys hat Jane einfach ein großes Rechteck in den Stoff geschnitten, ein Fenster geschaffen, durch das ich den Spätsommerhimmel sehen kann. Ich stehe lange vor diesem ausgeschnittenen Rechteck. Und

draußen ist ein wunderschöner Tag, den sie uns geschenkt hat.
Getrocknete Blumen halten ihren Duft. Das ist eine Wahrheit. Manchmal ist unsere Leidenschaft unser Untergang. Das ist eine andere.
Jane starb, Raley starb. David kehrte nach Hause zurück. Ich blieb während des Krieges in Mosel und brachte neuen Gruppen von Mädchen bei, wie man Kartoffeln setzt, und restaurierte die Gärten auf dem Anwesen, und als der Krieg schließlich vorbei ist, sind die zurückgekehrten Besitzer von ihrer Wiederherstellung so beeindruckt, daß sie mir eine Stelle als Obergärtnerin anbieten. Und ich gehe niemals fort. Nach dem Krieg gibt es wieder Geld. Die Gärtnerbrigade wird vergrößert und die Gärten werden in ihrer ursprünglichen Herrlichkeit wiederhergestellt. Der Irrgarten und der Wassergarten werden angelegt. Später wird für die Besichtigung der Gärten Eintritt verlangt, und überall gehen Besucher herum, eine Karte in der Hand, und besichtigen solche Merkwürdigkeiten wie die in der Form eines Engels beschnittene Eibe und die alten Spalierapfelbäume. Nicht auf dem Besucherführer eingezeichnet ist der vergessene Garten. Ich halte ihn in Ordnung, aber ich halte ihn verborgen. Manche finden ihn. Manche finden ihn nicht. Meist sind es Kinder oder Liebespaare. Wie es sein sollte.
Im Laufe der Jahre sehen einige meiner Angestellten den Geist, denn in Mosel wird es immer Albinofüchse geben. Manchmal, wenn ich nachts durch den Wald gehe, sehe ich wieder etwas Weißes aufblitzen, das sich in der Dunkelheit bewegt wie Rauch.
Raley kam 1942 in Dieppe ums Leben, aber der Baum, den Raley und ich pflanzten, wächst immer noch. Jeden Frühling verliert er mit einer rückhaltlosen Geste seinen Duft an die Erde, so wie ein kleiner Junge an einer Schiffsreling

stand und zu seinem Freund sagte: „Laß uns unsere Mäntel ausziehen und ins Meer werfen."

David wird Jahre später mit seiner Frau und seinen Kindern nach Mosel zurückkommen. Ich werde ihnen das Anwesen zeigen, und dann werden er und ich in der Dämmerung über das Gelände spazieren, und er wird mich fragen, warum ich nie weggegangen bin. Zuhause ist der Ort, wo wir die stärksten Gefühle empfanden, antworte ich ihm. Und das kann überall sein. Oder jedermann. Es spielt keine Rolle, wie lange man irgendwo gelebt hat. Das ist der Ort, an den man immer zurückkehren will.

Ich war in meinem Leben zweimal zu Hause. Einmal, als ich unter Raleys lebendem Gewicht lag und der Duft der Rosen zwischen uns in der Dunkelheit schwebte, und einmal, als ich mit Jane über die Felder ritt.

So reiten wir nun dahin. Ihr Herz, das hart und klar unter der Haut schlägt. Die Bewegung des Pferdes, wenn es sich verausgabt, jede Nacht mit derselben stupiden Anmut galoppiert, sich vielleicht vergißt und mit jedem Schritt wieder erinnert, wie ein Motor stottert und anspringt, stottert und anspringt. Jane muß der leichteste Mensch sein, den es je auf seinem Rücken gespürt hat. Sie muß sich anfühlen, als wäre da niemand, ihr Geflüster wie die Hand des Windes auf seinem nassen Fell. Als sie aufhört zu essen und innerhalb von zwei Monaten stirbt, wacht es nachts immer noch auf, schlägt an seine Boxentür und sehnt sich nach ihrem weichen Gewicht auf seinem Rücken. Und dann, als sie nicht kommt und immer noch nicht kommt, bei Vollmond, wenn die Felder sich unter ihm riffeln wie seine eigenen Flanken, wenn seine Muskeln ihn darüber tragen, wenn das Pferd sich im Schlaf bewegt und vom Galoppieren träumt, wird Jane erinnert.

Ich kann jetzt Janes Atem unter meinen Händen spüren. Das knarrende Heben und Senken der Rippen. Ihre Rippen sind stark und knotig wie Schwanenflügel. Das wilde Dahinfliegen ihres Herzens. Zu stark, um zu atmen, weint es. Nur dieses Gefühl an meinen Fingerspitzen. Das Geräusch unter dem schweren Stampfen des Pferdes, seinem nassen Atem, verloren.

Es kommt der Moment, wo Jane entweder vergißt, daß ich da bin, oder sich erinnert; wo sie sich an mich lehnt, sich von mir halten läßt. Ihr Rückgrat drückt gegen meine Brust und einen Moment lang stelle ich mir vor, wie sich ihr Gewicht auf mir anfühlen würde. Daß ihre Knochen sich hohl anfühlen würden. Daß der Wind durch sie hindurchbliese. Ein sanfter Wind, der durch ein nächtliches Fenster weht.

Die Sache mit Gärten ist die, daß jeder denkt, sie wüchsen immer weiter, sie hielten Winterschlaf und erwachten im Frühling. Doch es ist eher ein Sterben und eine Wiederkehr, ein Sterben und Wiederkehren. Sie verlieren sich. Sie quälen sich.

Jede Geschichte ist eine Geschichte über den Tod. Doch vielleicht, wenn wir Glück haben, ist unsere Geschichte über den Tod auch eine Geschichte über die Liebe.

Und das ist es, was ich von der Liebe behalten habe.

Ich danke Frances Hanna, Christian Dittus,
Martina Schmidt und Brigitte Heinrich.

Elizabeth Bishop

DIE FARBEN DES KARTOGRAPHEN
GEDICHTE

Ausgewählt und übertragen von Margitt Lehbert
Mit einem Nachwort von Evelyn Schlag

110 Seiten / € 16,90, SFr 30,70 / ISBN 3-7017-1179-8 / 2. Auflage

„Ein Lebenswerk so schmal wie kostbar, so meisterhaft wie unangestrengt: kaum mehr als hundert Gedichte umfaßt ihr Œuvre. (…) Ein literarisches Gesamtwerk aber, das jeder Zeile, jeder Silbe fast, durch die dezente Strenge der Beschränkung eine schier suggestive Wirkung abgewinnt. Wie andere Suchtmittel, bemerkte ihr Bewunderer John Ashbery, schaffe diese Lyrik, je öfter man davon probiere, nur immer Hunger auf mehr und verderbe jeden Appetit auf anderes. (…) Der Übersetzerin Margitt Lehbert und dem Residenz Verlag ist es nun zu danken, daß erstmals eine reiche Auswahl von knapp der Hälfte ihrer Gedichte in anspruchsvoller Übersetzung vorliegt."

Tobias Döring, *Frankfurter Allgemeine Zeitung*

„Es sind magische Illuminationen des Gewöhnlichen, die der vorliegende Band versammelt; inspirierte, das Besungene in ein rätselhaftes Kunstlicht rückende Texte. (…) So sind ihre Gedichte gestiftet von der schweifenden, uferlosen Sehnsucht einer grossen Ruhelosen, die bei den Wörtern einen Moment lang Halt zu finden suchte."

Peter Henning, *Die Weltwoche*